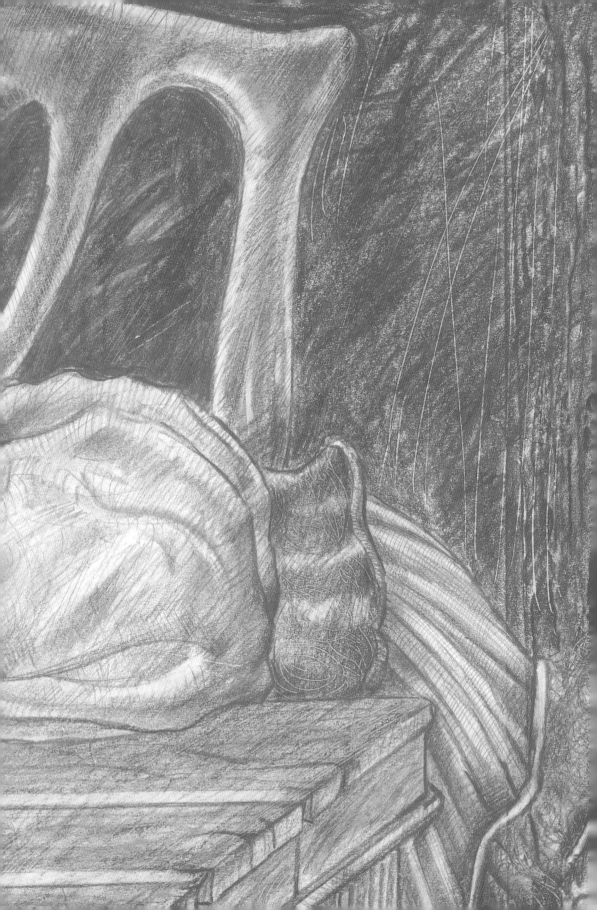

Pena de Ganso

Copyright © 2005 do texto: Nilma Lacerda
Copyright © 2005 das ilustrações: Rui de Oliveira
Copyright © 2005 da edição: Editora DCL – Difusão Cultural do Livro

EDITORA EXECUTIVA:	Otacília de Freitas
EDITOR DE LITERATURA:	Vitor Maia
ASSISTENTE EDITORIAL:	Andréia Szcypula
	Pétula Lemos
PREPARAÇÃO DE TEXTO:	Gislene R. P. de Oliveira
REVISÃO DE PROVAS:	Fernanda Almeida Umile
	Patrícia Vilar
	Pétula Lemos
	Sumaya Lima
	Valentina Nunes
ILUSTRAÇÕES:	Rui de Oliveira
DIAGRAMAÇÃO:	Vinicius Rossignol Felipe
CAPA:	Miguel Carvalho
	Rui de Oliveira
ENCARTE PEDAGÓGICO:	André Muniz de Moura

**Texto em conformidade com as novas regras ortográficas
do Acordo da Língua Portuguesa**

Dados Internacionais de Catalogação na Publicação (CIP)
(Câmara Brasileira do Livro, SP, Brasil)

Lacerda, Nilma
    Pena de ganso ; Nilma Lacerda ; ilustração Rui de Oliveira. — São Paulo :
DCL, 2005.

    ISBN 978-85-368-0053-0

    1. Literatura infantojuvenil I. Oliveira, Rui de. II. Título. III. Série.

03-2442   CDD – 028.5

Índices para catálogo sistemático:

1. Literatura infantojuvenil   028.5
2. Literatura infantil   028.5

1ª edição

Editora DCL – Difusão Cultural do Livro
Av. Marquês de São Vicente, 1619 – 26º andar – Conj. 2612
Barra Funda – São Paulo – SP – 01139-003
Tel.: (0xx11) 3932-5222

Nilma Lacerda

Pena de Ganso

Ilustrações
Rui de Oliveira

Para a memória de Zulmira,
num retrato que inventei dela,
menina,
com uma pena de ganso na mão.

Esta obra começou a ser escrita durante um período de pesquisas de pós-doutorado na École des Hautes Études en Sciences Sociales (Escola de Altos Estudos em Ciências Socais), em Paris, França, em um projeto sob a orientação do historiador Roger Chartier e para o qual contei com uma bolsa Virtuose, do Ministério da Cultura.

Em uma de nossas reuniões, Chartier emprestou-me um livro de sua autoria – *Pluma de Ganso, Libro de Letras, Ojo Viajero* (*Pena de Ganso, Livro de Letras, Olho Viajante*), publicado no México. O título provocou-me desde o início. Tinha encontrado em *Pena de Ganso* o nome e os caminhos de uma história que eu tinha pra contar.

E foi em Paris, também, que a pesquisadora Lilian de Lacerda me apresentou às escritas bordadas e ao trabalho das mestras bordadeiras

SUMÁRIO

I. POSSO VER.........13

SALVE O REI DO GALINHEIRO!.........15

SUJOU O DEDO NA TINTA ESCURA.........21

O MAR É NEGRO, É AZUL, VIOLETA.........25

"VOCÊ NEM ADIVINHA, MOLEQUE!".........33

UMA PAISAGEM VAZIA, VAZIA.........41

PELE DE ASNO.........47

DENTRO DA CABEÇA.........58

O MUNDO É UMA LUZ QUE ESCURECE.........64

A LETRA DENTRO DA FÔRMA.........71

PENA DE GANSO.........81

SANT'ANA ENSINANDO A VIRGEM A LER.........98

II. Posso Escrever 111

"Você não vai precisar de guarda-chuva" 113

"Eu não estou entendendo nada!" 119

"Você vai precisar de muita tinta" 123

"Não é tanta tinta quanto você pensa" 129

Tem razão: como rola tinta! 135

Conversa ao pé da letra

Pontuar é como respirar. O ritmo não é o mesmo para todos. A função da gramática é dar um ritmo comum a todos, e a criação deve recriá-lo no compasso de cada autor. Minha criação tem buscado respeitar o ritmo de quem conversa com alguém, que escuta a história que o outro conta, e o discurso indireto - sem marcas de travessão e dois pontos - é muito eficiente para isso. Mas uso ainda o discurso indireto livre, em que o pensamento do personagem irrompe em meio à narração, sem pedir nenhuma licença. Claro que, nesse caso, a pontuação faz-se de forma expressiva, para atender à verdade narrativa, que não é a verdade gramatical. Me agradam esses recursos de estilo; mais ainda, preciso deles para dizer o que tenho a dizer. E, como falo o português do Brasil, busco a colocação de pronomes que é peculiar à nossa gente. José de Alencar sempre concordou comigo, Carlos Drummond de Andrade, Clarice Lispector, Lygia Bojunga também. Espero que você, minha leitora, e você, meu leitor, reconheçam minhas razões.

Muito afetuosamente,

Nilma Lacerda

I. Posso Ver

Salve o rei do galinheiro!

O QUINTAL ESTÁ DE PERNAS PRO AR, o cocoricó estridente apavora o mundo, uma menina grita, aflita:

— Larga, Moleque, larga! — e, lutando contra unhas e dentes, tenta pegar o galo que o cachorro abocanha por uma das asas.

Uma mulher sai de dentro de casa, enxuga as mãos num avental estampado, gesticula em desespero:

— Ó miúda, o que faz este cachorro que está a me matar o galo?!

— Ai, mãe, que não sei o que está acontecendo com o Moleque! Pegou o Estêvão e não quer largar de jeito nenhum.

— Estêvão? Que história é essa de Estêvão?

— Mas é o galo, mãe!

— Ai, que me andas agora com a mania de botar nomes aos galos? — a mulher pergunta, nem parece que foi ontem a infância dela, e acontece que não foi mesmo, pobre tem a memória curta, o que passou, passou. Amarra melhor o lenço que tem na cabeça, enquanto procura com o olhar alguma coisa que acha logo, logo.

— Pois vamos a ver se ele atende ou não! Vagabundo, a me escolher logo este, que é o melhor do galinheiro — fala com energia, na mão o pau comprido que pegou encostado num pé de goiaba.

O Moleque não é bobo, nem nada, tem uma memória muito boa de seus dias de rua, sabe se safar muito bem, corre que corre, o galo agora já bem preso na boca, o escarcéu continuando na manhã ensolarada de outono. A mulher para esbaforida, briga com a menina, ela é que tem culpa disso, os irmãos a chegarem da escola, o pai do trabalho, o almoço ainda por fazer, os ovos que não foram recolhidos e as duas no quintal atrás de um cachorro endiabrado que não tem mais o que fazer do que andar a perseguir o galo.

Retoma o fôlego, investe pra valer contra o cachorro, acaba acertando o galo, que se solta mais pelo espanto do cachorro em ver a bordoada que era para ele acertada no inimigo do que pela eficácia do ataque.

Capenga e arrepiado, mas de pés no chão, o galo resolve por sua vez investir contra o que se move à sua frente, e o que se move à sua frente são as pernas da mulher. Com o pau na mão, e não querendo machucar mais ainda o galo, ela pula num pé e noutro, gritando para que a filha venha ajudá-la.

De olho no cachorro, que já correu para se esconder como só ele sabe fazer, a menina joga um saco em cima do galo, consegue imobilizá-lo. A mãe avança rápido, passa a mão por baixo do pano, segura o galo de jeito, levanta o pano, agarra o bicho pelas asas, dá uma boa examinada nele. O estrago não foi grande. Tirando a asa esquerda, que ficou um pouco sacrificada, Estêvão parece estar inteiro, e é posto com cuidado de volta no seu reino. Trepando meio aos saltos no poleiro mais alto, está pronto para continuar seu reinado sobre galinhas, frangos e frangas e mais dois outros galos. É um animal bonito, imponente, e bastante implicante, na visão de Aurora. A mãe não quer saber desses juízos, só lhe interessa que o galo faz bem o que deve fazer, montado sobre as galinhas, aumentando a população do galinheiro.

O cacarejo e a revoada geral já se acalmaram, Estefânia faz uma inspeção rápida na cerca, vê o buraco junto do bebedouro, manda que a menina meta logo uma madeira ali, recolha de uma vez os ovos, pegue a água no poço, mas que prenda primeiro esse cachorro vagabundo, antes que ela mesma vá soltá-lo de novo na rua — lugar de onde veio e para onde vai acabar voltando, que lá é que é lugar de fazer besteira, e não na casa que lhe dá de comer — falou, de uma só vez, mas muito bem explicado.

Num instante a tela está protegida, os ovos na cesta, e a menina sobe com dificuldade, carregando o balde pesado, os três degraus largos da pequena escada que leva à cozinha. Moleque? Continua muito bem escondido, onde ela sabe que ninguém vai alcançá-lo.

A menina é miúda, mas atende a mãe com rapidez. Entorna a água em duas bacias, um pouco fica ainda no balde, começa a descascar as batatas, as vagens já estão do lado, que é para ela tirar o fio. A mãe dividiu os pedaços da galinha que matou bem cedinho para o ensopado do almoço e a canja do jantar, vai refogando o feijão, separando os ovos, perguntando à filha se o arroz já está escolhido, temperando tudo isso com os resmungos e a repetição de tudo o que falou lá fora, mal começaram a fazer o almoço, os irmãos e o pai a chegarem, eles têm lá os seus deveres, ela sabe disso muito bem e deixa que este Moleque — tu bem lhe puseste o nome! — fique a causar estragos na criação e nos horários da casa.

Ninguém pode negar que Estefânia é uma mulher que sabe botar as coisas nos seus lugares — o Moleque acabou de ver! —, que Aurora tem muito que aprender e que precisa começar por controlar esse cachorro, sabia que ia dar nisso essa história de trazer cachorro vadio para viver dentro de casa, a mãe continua a falar, enquanto a comida vai cheirando no fogão, enchendo de vapores a última parte da manhã.

No quintal da casinha de subúrbio, a paz volta a reinar, o galo devolvido a seus domínios, tomara que ele aprenda que tenho o Moleque pra me defender, que não se meta mais comigo, pensa Aurora, jogando os marinheiros do arroz lá fora, pela janela aberta.

Quando o pai chega para o almoço, o Moleque, desprezando a necessidade do esconderijo, vai recebê-lo aos saltos no portão. Entra todo lampeiro pela porta da cozinha, nem aí para as reclamações de Estefânia. Indo nos calcanhares de Osvaldo, sabe que está protegido. Moleque é alguém que conhece hierarquia.

Os meninos chegam logo depois, famintos. Péricles vê que a comida ainda não está na mesa, começa a reclamar. Aurora procura apaziguá-lo, não quer despertar a atenção do pai que está lá distraído com o jornal dele. Conta que a galinha demorou muito pra morrer, deve estar um bocado gostosa. Péricles diz que ela é uma boba, quando é que vai aprender que essa história de galinha que demora a morrer não faz a carne ficar gostosa?

Ela sabe que não faz, mas pensava. Pensava que não fossem perceber o atraso, nem ela nem Moleque levando carão. Inútil: as travessas vão para a mesa, todos sentam e é aí que o pai reclama que vai chegar atrasado na fábrica, de volta do almoço; Péricles aproveita para dizer que está cheio de deveres, vai ter que ficar estudando de noite, que os pais não reclamem que está gastando luz, a culpa não é dele. Augusto talvez pensasse em dizer que o almoço não está tão atrasado assim, mas para dizer isso teria de contrariar o pai.

SALVE O REI DO GALINHEIRO!   17

São quase rapazes, os dois, bem maiores que Aurora. Saem de casa muito cedo para a escola, que fica longe, no centro da cidade. Pegam o trem das cinco e meia da manhã, Aurora e Estefânia de pé desde as quatro e meia para preparar o café da família, a merenda dos rapazes.

O café muito cedo, o almoço a uma da tarde, a merenda às quatro e meia, o jantar às sete. Entre oito e meia e nove horas, todos já estão na cama, raras vezes passa disso. Péricles lembra que hoje vai passar, ele tem muito dever e já é quase uma e meia.

— Você é que é lerdo — diz Augusto, e isso enfurece o irmão.

Pronto, já está a mãe explicando o atraso, contando a peleja do cachorro e do galo.

A mesa termina dividida: Péricles e Estefânia votando pela devolução do cachorro à rua, onde foi apanhado; Augusto e Aurora defendendo o cachorro, que é um ótimo vigia. Como quem decide é Osvaldo, Moleque não está nem um pouco preocupado com seu destino, que se resume à recomendação de maior cuidado na hora de entrar no galinheiro para não deixar o galo sair nem o cachorro entrar.

O galinheiro é uma peça importante na economia da família. Dele vêm as três dúzias diárias de ovos, as cinco ou seis galinhas por semana, que servem ao consumo da casa e ajudam a sustentar os meninos no colégio. Estefânia teve a ideia quando ela e o marido começaram a ver a despesa que crescia com os gastos dos garotos na escola. O ensino era de graça, mas havia o uniforme, a pedra, as penas, os cadernos, os livros, a tinta. Osvaldo disse que a fábrica não dava para tanto.

— Posso criar galinhas, vender os ovos, uns frangos — ela disse, num ajantarado de domingo.

Osvaldo aprovou. Não agradava muito a ele que a mulher estivesse a vender aves e ovos ali mesmo onde moravam; não era homem de ter vergonhas, mas chegou a propor a ela uma outra solução:

— Podemos morar numa casa menor, um pouco mais longe, e alugar esta aqui — ele comentou.

Ela argumentou que em vez de ir para mais longe e para uma casa menor, por que não aproveitar o quintal para construir o galinheiro? Com cinco dúzias de pintos, em pouco tinham os ovos e os frangos. Não ia faltar freguesia ali. Tinha a dona Comba — já seu tanto carregada de idade —, que ia gostar de que poupassem a ela o trabalho de andar a matar e a depenar galinhas; tinha a dona Henriqueta, sempre doente, coitada. Uma canja toda noite ia renovar as forças dela; tinha a Luísa, rapariga besta, é verdade, mas que tinha pegado o bobo do seu Requena para marido, que podia lhe pagar o que quisesse, tinha a —

Ela não precisou continuar. Osvaldo estava convencido. Augusto gostou da ideia de passar as tardes de sábado e as manhãs de domingo ajudando o pai a levantar o galinheiro, Péricles resmungou um pouco pra disfarçar o prazer que teria de estar junto do pai, se ocupando com tarefas de homem. Aurora não foi consultada para saber se ia gostar de ajudar a mãe na tarefa de cuidar da criação, recolher e entregar os ovos.

É claro que nem se pensou em dizer: "Os meninos saem da escola", como também não se pensaria em dizer: "A menina entra na escola". Aurora tem uns ataques que fazem dela uma criança nervosa e, depois, se a família tivesse condições de dar instrução aos três filhos, a mãe não precisava criar galinhas.

A vida não era fácil. O Brasil é o país do futuro, Estefânia cresceu a ouvir isso na aldeia natal, em Trás-os-Montes, lá em Portugal, mas o futuro não se faz num dia. Nem em quinze ou dezesseis anos, ela diz para Osvaldo, quando o dinheiro está curto demais e os dias compridos que só, cheios de trabalho para fazer, trabalho que não acaba nunca.

Ela não é preguiçosa. Era pequenita e saía de casa, noite escura ainda, para ajudar o pai no pastoreio das ovelhas. Cresceu um pouquinho e já lá ia sozinha a fazer serviço de gente grande, para que o pai pudesse cuidar de outro rebanho. Todo mundo elogiava a esperteza, a disposição dela para o trabalho, e, quando os tios maternos apareceram de volta na aldeia, cheios do bom dinheiro que ganharam no Brasil, descobriram também que era sonhadora e determinada.

Fez quinze anos dentro do navio, entrando nas águas brasileiras. Uma vez no Rio de Janeiro, os tios a levaram para trabalhar como doméstica, numa casa de patrícios.

Estefânia trabalhou em casa de família, lavou roupa, limpou chão, aturou desaforo, mas foi aí que aprendeu que os filhos dela podiam ser doutores, um dia. Não falou isso para o rapaz mulato que a pediu em casamento. Não falou, mas ele soube logo e não ficou nem um pouco desapontado com ela.

Nasceu o primeiro, nasceu o segundo filho, e, na meia-água em que viviam, o espaço foi ficando apertado. Osvaldo comemorou a notícia da terceira criança que ia chegar comunicando à mulher o convite do tio para a sociedade na fábrica de artigos de barro em que já trabalhava desde rapazinho. Estavam na hora do almoço e ela aproveitou para mostrar a ele a carta que havia chegado pela manhã, de Portugal. Nessa mesma noite, depois do jantar, Osvaldo leu a carta para ela. Antes de partir para receber a herança que os tios deixaram na aldeia em que havia nascido, Estefânia disse ao marido que gostaria que eles viessem a morar numa casinha com varanda e quintal, ali, no bairro de Bonsucesso, nessa mesma cidade em que pela primeira vez pôs os pés no Brasil.

Sujou o dedo na tinta escura

Estefânia viajou, foi até sua aldeia, ouviu que, primeiro o tio, depois a tia — aqueles, que a tinham levado com eles, uns bons anos atrás — tinham morrido não fazia muito, deixando pra ela umas terrinhas, boas para vinhedos. Ouviu o conselho do primo mais velho, vendeu tudo pra ele. Não queria terras em Portugal, ali não era mais o lugar dela. Foram ao cartório na cidade, ouviram o que estava escrito em vários papéis, ela sujou o dedo na tinta escura, marcou todos eles com seu consentimento.

Voltou para o Brasil com um dinheirinho que não era mau e um embrulhinho branco nos braços, que deixou Osvaldo assustado. No cais, junto do navio, ele perguntou a ela:

— Então nasceu? Estava na hora?

— Acho que o balanço do navio adiantou um pouco — Estefânia respondeu e acrescentou, meio receosa: — Tive que batizá-la na viagem porque a pequena teve umas febres, uma agitação, batia-se toda, revirava os olhos.

— Então é menina? — ele perguntou.

A mulher confirmou. Osvaldo não parecia desapontado, devia também achar que mal não havia em se ter uma menina, depois que dois varões já tinham nascido.

— Que nome lhe deste?

— Aurora. Achei que ela não ia ver o Sol no dia seguinte. Enquanto esperava que chegasse o capelão do navio, era só nisso que pensava, ela não chega a ver a aurora e aí o nome me veio. Tu aprovas?

— Pois está bem dado. E afinal ela o merece. Pois não só viu aquela aurora, mas continua a vê-la, todos os dias — ele disse, orgulhoso.

Ajudou a mulher a entrar no carro que tinha alugado, ela ficou tão satisfeita de ver o progresso que faziam, confidenciou que o dinheiro que os tios deixaram devia ajudá-los a comprar a casinha que queriam, ele já tinha visto alguma coisa?

Quando Estefânia viu a casa de esquina, com varanda na entrada e as paredes boas para pintar nelas as paisagens da aldeia, os canteiros no jardim, o quintal de bom tamanho e tudo o mais que achava importante numa casa, ela riu um bocado, abençoando a tinta com que tinha manchado os dedos.

Mudaram-se logo. O interesse pela casa nova não tornou menor o espanto dos meninos em relação a Aurora. Eles não entendiam onde é que a mãe tinha pegado o embrulho com que voltava para casa, depois de ter atravessado o mar.

Até os dois irem para a escola, esse vai ser para eles um dos grandes mistérios da vida. Mas a escola e tudo que ela apresenta faz deles pequenos homens sérios, preocupados com o que tem importância na vida, como, por exemplo, essa história de atrasar almoço por causa de um cachorro que vive a fazer diabruras — Péricles ainda está resmungando. Resmunga tanto, faz os deveres com tanta má-vontade, que derruba o tinteiro em cima da mesa. Um desastre, um verdadeiro desastre!

A mãe acode com um pano, chama Aurora para ajudar. A sujeira é enorme, tem um mar de tinta, um mar negro, esparramado em cima da mesa. O caderno está acabado, os punhos da camisa sujos, por pouco a toalha que cobre a mesa não ficou manchada também. A mãe está furiosa com o estrago, já disse que se tire a toalha da mesa para fazer os deveres, o uniforme então nem se fala!

O garoto grita com Moleque, que resolve ir dar uma volta lá fora, já que Osvaldo não está em casa. Fascinada com a tinta que se esparrama pela mesa, Aurora demora a fazer o que tem que fazer.

O grito da mãe faz com que volte a si e comece a enxugar a tinta, devagar, bem devagar. Uma hora em que ninguém está olhando, Aurora molha o dedo na tinta, ensaia um traço na superfície da mesa. Ela não sabe direito o que está acontecendo, mas experimenta uma sensação muito nova, um prazer que se estende da ponta do dedo ao alto da cabeça.

Gostaria de perguntar a Augusto — falar com Péricles não adianta mesmo — o que é isso, o que é que acontece entre a tinta, o dedo da gente, um traço. Gostaria, e não se atreve.

A noite foi pesada, o jantar silencioso, a lembrança do desastre na madeira manchada, na roupa suja, no mau humor de Péricles, no bilhete que o pai tem que escrever ao professor para explicar o caderno arruinado. Mas pela primeira vez, nos sonhos de Aurora, ela vê que o mar pode caber em pequenos potes que vão se esparramar em cima da madeira, do papel, de um tecido ou do chão, e que vai poder, assim, traçar também as linhas com que vem sonhando há algum tempo.

O MAR É NEGRO, É AZUL, VIOLETA

AURORA SONHAVA MUITO, SONHAVA SEMPRE COM O MAR. Desde que se entendia por gente que os irmãos viviam a dizer que a mãe a pegou no mar. Vai ver, por isso, era tão diferente deles, tão diferente que nem ia para a escola. Não, não devia ser por isso, porque as primas não foram apanhadas no mar e também não iam para a escola.

Talvez porque elas eram meninas. Mas se a Isolina ia para a escola, as meninas podiam ir para a escola. Então, por quê?

Esse não era um assunto para se conversar na família, fosse a família dela, fossem as outras famílias, dos tios, dos padrinhos. Bem que Aurora tentava escutar se esse assunto entrava na conversa dos adultos, quando estavam reunidos. Ela trazia, então, um copo d'água para a mãe e para as tias na sala de visitas; escolhia, no pique-esconde, ficar atrás da moita de azaleia, junto da sacada, que tinha sempre as portas abertas para o jardim.

Criança não se mete em conversa de adulto, criança não ouve conversa de adulto, criança come separado de adulto, na mesa da cozinha. Criança não pode perguntar quase nada para os adultos, acaba tendo que resolver suas dúvidas com outras crianças. Mas existem coisas que os adultos deixam escapar, que exibem mesmo bem satisfeitos. O sucesso dos meninos na escola, por exemplo. Isso Aurora ouve com certa frequência.

Osvaldo e Estefânia são sempre elogiados pelo cuidado na educação dos filhos, todos dois alunos do colégio que o Imperador fundou. Nenhum dos primos conseguiu aprovação no exame difícil e estudam em outras escolas, particulares ou públicas. Mas ninguém diz uma palavra sobre as meninas que não frequentam escola nenhuma, e todo mundo se cala também em relação a Gastão, que tem doze anos, como Péricles, mas que, em vez de ir à escola, vai com o pai para a fábrica ajudar a controlar os empregados e a embalar moringas, bebedouros, vasos e alguidares de barro.

De vez em quando, Aurora pesca umas palavras sobre Isolina, que é da idade de Augusto e vai à escola: "mania de rico", "os pais não veem o perigo", "o que já sabe é mais do que suficiente", é o que se murmura tomando cafezinho na sala de visitas, quando os pais de Isolina não estão presentes.

Então, essa deve ser a regra, Aurora pensa. Nem a história do mar, que os irmãos vivem repetindo, nem seus ataques têm alguma coisa a ver com o fato de ela não ir à escola. Mas bem que gostaria.

Gostaria de vestir, uma vez só que fosse, aquela camisa invisível que dá a Péricles a maior importância do mundo, quando está em época de provas. Ninguém pode tocar nele, nada em casa pode se alterar, a mãe precisa preparar a toda hora uns chás calmantes para ele. Augusto é bem mais tranquilo, faz as provas sem nenhum escarcéu.

Aurora gostaria de ter também uma sacola toda sua, lá dentro a pedra e o giz, quando se é bem pequeno; as penas, o tinteiro, o caderno, quando se começa a crescer. E as cartilhas, os livros, as caligrafias. Ela gostaria, num fim de tarde escaldante, um pouco antes do banho, de ir tirando cada peça de dentro da sacola, limpando e arrumando tudo sobre a mesa. E depois chegar na janela, sacudir a sacola, jogando fora as migalhas e as sujeirinhas que se agarram no fundo, entre o couro e o papelão duro. Colocar de volta a sacola na mesa, passar a mão num lado e no outro, alisando o couro por fora para ficar sem dobras e ir colocando devagarinho cada coisa de novo em seu lugar.

Costumava ficar parada, esquecida da vida, olhando para os irmãos enquanto faziam isso, e não havia vez em que não levasse carão, porque era preciso recolher a última leva de ovos, antes de as galinhas irem dormir. E gostaria, também, de ter uns momentos de descanso, sem ter que molhar o jardim e varrer o quintal e descascar os legumes, pegar água do poço, aparar o sangue da galinha no prato esmaltado, limpar o galinheiro, trocar a água e a comida, sair para entregar os ovos encomendados, bater às outras portas para oferecê-los, acrescentando que a mãe também entregava frangos fresquinhos, mortos e depenados, prontos para a panela, e lavar a louça e ajudar a preparar o café da manhã e!

Ela gostaria de ter os deveres de escola para fazer, ainda que pudessem ser bem mais cansativos e difíceis que as tarefas dela, como Péricles assegurava e Augusto desmentia: é só uma questão de aprender, como você aprendeu a fazer tudo isso que faz em casa, Aurora, ele dizia; mas escola é coisa difícil, não é coisa para meninas, muito menos para quem — Péricles ia falar, claro que ele ia falar —, para quem fica se batendo nos ataques, mas o pai já tinha dado uma coça nele, que não falasse de novo dos ataques da irmã, e ele parou por aí.

Uma vez, uma única vez em que a mãe estava muito feliz porque as três carijós botaram três ninhadas enormes — nem um só ovo se perdeu — e começou a fazer contas, não iam ter dificuldade para comprar o resto do material dos meninos que a escola estava pedindo, então Aurora ousou perguntar à mãe por que ela não ia à escola, como os irmãos.

Estefânia olhou para a filha muito espantada, será que nunca tinha pensado nisso, será que se espantou do atrevimento da menina, será que isso não cabia nos planos dela, para que a filha na escola, se os filhos já iam ser doutores? Aurora baixou os olhos, com medo da reprimenda, ficou esperando a resposta.

— Ora! que pergunta, rapariga. Não vês que és mulher como eu, que somos necessárias a esse serviço de casa? Pois se não somos ricas, não podemos pagar quem faça as coisas para nós? Ou andas a sonhar com negrinhas, como a Luísa, que as pode ter? — Ficou um silêncio difícil, a menina recebendo os ovos que a mãe ia retirando dos ninhos e que ela arrumava no cesto.

— É que não se usa, não se usa que as mulheres vão à escola — completou a mãe, com uma voz que se percebia meio confusa, de quem diz alguma coisa em que não acredita ou que não sabe bem se é verdade.

— Mas a prima Isolina, ela vai à escola e nem é tão rica — a menina teve coragem de lembrar.

— É que ela é filha única, e a mãe não tem que criar galinhas para ajudar a casa. E depois tu tens os ataques, te quero perto de mim, não vás cair no chão longe de casa.

— Mas outro dia eu estava na casa do seu Requena — Aurora lembrou.

— Sei bem que estavas lá quando tiveste o ataque e mandaram-me chamar correndo e larguei tudo, queimei o feijão, perdi o sangue da galinha, para te acudir, e chega, que estás a me importunar, olha o ovo, menina!

Tarde demais. Aurora não evitou que o ovo escorregasse no vazio — logo um dos maiores! —, se estatelasse no chão, Moleque já metendo a língua para lamber e se pondo a ganir com o pontapé que Estefânia deu nele.

A gema enorme, uma poça amarela no chão, a clara como um visgo da vida, tudo sendo bebido pela terra, junto dos pés de Aurora. O silêncio, irremediável. Nunca mais que mãe e filha falariam disso, não falariam disso como pouco falavam do mar. E Aurora tinha tantas perguntas. Ela conhecia o mar, está certo, mas era o mar de perto da casa dos tios, o pequeno porto onde os barcos chegavam com suas cargas, transferidas para barcos maiores e depois para os navios, que ficavam ancorados bem mais longe. Esses, sim, é que iam conhecer o mar, iam atravessar o mar.

Tinha ido, um dia, com o pai, a mãe e os irmãos, a uma praia, uma praia de verdade, o mar que não acabava do outro lado, nem encostava num morro, mas se esticava numa linha sem fim, uma linha que emendava com o céu. Ela viu, então, que o mar era azul-escuro, mas no fim do dia, quando voltavam do passeio e o céu estava coberto de nuvens, o mar era negro, ela viu.

Uma coisa talvez pudesse ser muitas coisas, como a galinha, que foi franga, que foi pinto, e tem uma hora em que não se sabe direito o que vai ser ainda, uma hora em que as coisas ficam escondidas. De novo, Aurora pensa nos frangos, tem a imagem deles na cabeça: só pelos três meses se podia saber qual o destino deles, se a vida ia ser curta, se ia se prolongar um bocado, por causa dos ovos que viriam, ou pela força e beleza contida no corpo futuro de galo.

E se um dos irmãos tivesse os ataques? — Aurora se perguntou, num outro dia, enquanto esperava dona Henriqueta trazer o dinheiro que tinha ido buscar no quarto. — Ele ia deixar de ir à escola?

A cabeça dela era um monte de dúvidas, de perguntas que ninguém respondia. Na sala de dona Henriqueta, o Francisquinho fazia os deveres. Era doentinho, tinha saído à mãe, diziam — mas estava na escola.

De todas as vizinhas que compravam os ovos e os frangos da mãe, dona Henriqueta era a mais agradável. Convidava Aurora para entrar, mandava que esperasse na sala de jantar, que se sentasse enquanto ia lá dentro guardar os ovos ou o frango, às vezes até trazia um refresco.

Muitas vezes, como agora, acontecia de Francisquinho estar em casa e, quando ela chegava, ele deixava os trabalhos de lado para conversar um pouco. Aurora nunca podia demorar muito, tinha as outras encomendas para entregar, o serviço em casa esperando

por ela. Mas demorava sempre mais do que devia. Gostava dele, que tinha o jeito um pouco parecido com o de Augusto e gostava de mostrar a ela o material da escola, a escrita que preparava, as contas em ordem na folha branca, com todo capricho.

Era uma tarde de sexta-feira, ela não ia esquecer nunca mais, quando ele mostrou o tinteiro novo que ganhou do pai. A peça de vidro grosso, a base e o lugar para a pena, dois bocais para a tinta, era uma joia, um colar que enfeitava o papel de mata-borrão verde-escuro, sobre a mesa de madeira. Francisquinho abriu um vidro, derramou um pouco da tinta no bocal mais profundo. Uma tinta violeta.

Aurora voltou para casa certa de que o mar, o maior dos mares, devia ser violeta.

"Você nem adivinha, moleque!"

A folhinha do Sagrado Coração de Jesus ficava pendurada na parede do corredor, entre a cozinha e a sala de jantar, por onde todo mundo tinha que passar várias vezes por dia. Ali ficavam estampadas as informações do calendário: o dia do mês, da semana, os santos que se comemoravam, as fases da lua, alguma receita ou lembrança de cuidado com a saúde, tudo isso escrito em preto, algumas das letras muito miúdas, outras maiores, os números que anunciavam os dias sempre bem grandes; em vermelho, se fosse domingo, feriado ou dia santo de guarda; em preto, se fosse dia de semana e sem comemoração importante.

A folhinha era escrita na frente e atrás, num papel bem fino, quase transparente, preso de leve num bloco pequeno e grosso que juntava todos os dias do ano e se encaixava num cartão maior com a estampa de Jesus. Antes do café da manhã, a família já esperando na mesa, o pai destacava a folhinha da véspera, lia as informações para o novo dia.

A mãe não lia a folhinha, quer dizer, ela sabia os números, sabia o dia da maior parte dos santos, e só. Na hora em que Osvaldo lia a folhinha é que Estefânia determinava, então, se cortava as couves da horta hoje ou se esperava mais um ou dois dias, se a galinha ia pro choco dali a pouco ou na semana seguinte. Por que a mãe esperava a leitura da folhinha para fazer o que ela sabia fazer? Ela não sabia reconhecer a lua, não sabia o ponto das couves, a hora de começar o choco?

Aurora não conseguia entender, mas parece que aquela leitura dava à mãe alguma espécie de certeza ou de autorização que estava fora do alcance da compreensão dela.

Tinha também a leitura do almanaque, feita uma vez ou outra, depois do almoço, nas tardes de domingo, a cozinha já arrumada, a casa sossegada, o cacarejo lento das galinhas ciscando a terra do fundo do galinheiro. A voz do pai enchia a sala de jantar e era abafada, de repente, pelo apito do trem, pelo ronco do trem que passava, bem ali ao lado deles, e o trem trazia o mar. Trazia o mar, e Aurora pensava se a vida não estava correndo fora dos trilhos por uns instantes.

O mar entrava pelos olhos de Aurora, derrubava tudo que era conhecido e próximo, inundava a alma dela com a vontade de fazer como o pai ou como os irmãos: ler, escrever! Escrever era mais importante ainda, porque deixava traço, enchia o dedo de cor. Depois que Péricles virou o tinteiro e Aurora mergulhou o dedo na tinta, o corpo dela não se esqueceu mais disso: o dedo da gente pode escolher um caminho, ir andando por ele e deixar registrada a marca dessa passagem.

A tinta na mesa, Aurora teve que limpar, mas se fosse uma folha de papel, ela poderia tê-la guardado, as manchas e o traço que fez falando a ela de coisas da vida.

O ronco do trem sumia, se ouvia de novo o cacarejo como música bem conhecida, o pai retomava a leitura por mais algum tempo, até a voz ficar arrastada de sono e a cabeça dele cair para um lado, o almanaque escorregar pro chão. A mãe se levantava, pegava o almanaque, botava em cima da mesa, ia para a varanda ver a vida lá fora.

Os meninos já estavam às voltas com a arrumação do material escolar para o dia seguinte, Aurora se chegava pra um, pra outro, acompanhando com inveja os gestos cuidadosos ou cheios de enfado, conforme a disposição deles.

Ela já tinha insinuado a Augusto se não era possível, quem sabe?, ele ensinar pra ela alguma coisa do que aprendia na escola. O problema é que ambos não tinham muito tempo livre; ela, ocupada em ajudar a mãe, ele, com os trabalhos, que eram muitos.

— Mas um dia, quem sabe? — ele respondia.

Que raiva tinha disso! Essa coisa que não era uma coisa nem outra. Que vontade de quebrar coisas, botar o trem entrando pela porta da frente e arrebentando a casa.

Aurora ficou com medo dela própria. Se sentia um bicho empurrado, um bicho deixado de lado na hora de dividir a comida.

"Bom", continuava a pensar, "se não me enchem o prato, tenho de preparar eu mesma a minha comida", e Moleque parecia entender o pensamento dela, porque já levantava agitado, abanava o rabo e começava a lamber as mãos dela.

— Seu danado, basta pensar em comida que você logo se agita, mas você nem adivinha, Moleque, o que é que estou pensando.

Aurora pensava muito claro: precisava de alguém que a ajudasse a experimentar de novo aquela sensação do dedo molhado na tinta. Do dedo molhado e do traço que ele pode deixar gravado.

Os irmãos faziam as suas escritas, mandadas pelo colégio, mas podiam também escrever as coisas que queriam, podiam copiar para guardar com eles uma história de que tivessem gostado muito. Augusto fazia isso, ele já tinha dito pra ela, num dia em que perguntou, para que serve escrever?

— Pra fazer os deveres, ele respondeu.

Aurora, um tanto decepcionada, perguntou de novo: só isso?

Augusto acrescentou: serve para saber dos pensamentos das pessoas em outras épocas, não, isso a gente sabe com a leitura — ele corrigiu —, serve para escrever cartas, para as ideias não se perderem, para voltarmos aos nossos pensamentos quando quisermos.

Então, quando ele falou isso, Aurora achou que estava entendendo. Ela não sabia escrever, mas, no dia em que a tinta de Péricles virou, o dedo dela escorregando sobre a mesa dizia: eu sou Aurora. Mas só ela sabia que o traço grosso e negro sobre a mesa dizia isso. Era preciso que as outras pessoas soubessem também, era preciso que os irmãos, que Francisquinho, que o pai e a mãe — que todos eles — viessem a enxergar no traço escuro o que ela enxergava.

Aurora não fazia ideia de como isso podia acontecer. Sabia que era uma coisa possível, uma coisa que se aprendia, e que se aprendia na escola. Verdade que isso de escola é um mistério. Os irmãos não conversam com ela sobre o que se faz lá. Sabe apenas dos professores severos, das tarefas constantes que os alunos não podem deixar de fazer, a necessidade de trazer o material bem arrumado.

Sabe ainda da mesa toda ocupada pelos cadernos e livros quando é tempo de provas, Péricles pedindo mais espaço a Augusto, Augusto dizendo que, se der mais espaço a ele, vai ter de estudar no chão ou na mesa da cozinha. A mesa é grande o suficiente para os dois — intervém Estefânia —, Péricles que se arrume melhor. Sabe dos dois trancados no quarto para decorar os pontos, a casa um silêncio só, quebrado apenas pelo desenrolar nervoso das perguntas e respostas que volta e meia um deles sai a ensaiar pelo quintal.

Nada parecido com as coisas que a mãe ensinava para ela, as duas fazendo juntas, a mãe corrigindo no mesmo momento e ficando atenta depois, até ter certeza de que Aurora havia aprendido bem. O que Aurora aprendia com a mãe era tudo para ser usado na casa, coisas que a mãe devia ter aprendido com a avó, coisas que, feitas, precisavam logo ser feitas de novo. As couves na horta e as dálias no jardim tinham sede duas vezes por dia, em tempo de calor forte, e era preciso regá-las de manhã e à noite; as galinhas precisavam de cuidados duas vezes por dia, ela descascava batatas no almoço e no jantar também, se não fossem batatas, eram cenouras, vagens, ervilhas. Às vezes, entregava ovos duas vezes por dia, ajudava a mãe a matar frangos dia sim, dia não.

A costura era uma coisa que durava mais. As meias remendadas costumavam levar um tempo para precisarem de um novo conserto, os botões ficavam pregados muito tempo na roupa. Mas o resto das coisas que Aurora aprendia a fazer com a mãe parecia mesmo um canto de passarinho, feito para acordar o dia, feito para embalar a noite, toda noite, todo dia.

Está certo que os irmãos precisavam fazer os deveres de escola todo dia. Mas eram deveres novos, novos e diferentes, Péricles lembrava, cheio de importância. Nem tão diferentes assim, a gente repete muita coisa na escola, Augusto falou. Péricles disse que só se repetia o que era importante gravar. E Aurora, sem saber por que, ficou com essa palavra na cabeça. Gravar.

Ela bem que gostaria de gravar algumas coisas. Mas não é fácil gravar: se desenhar na terra do quintal com um graveto, o desenho dela não vai durar muito. Moleque, ou o vento, ou a mãe, os irmãos, ou ela mesma vai acabar desmanchando tudo. No entanto — e aí Aurora sorri com alegria pra dentro dela mesma —, os pontos de costura ficam gravados no tecido, até que a linha arrebente.

Aurora se dá conta, então, de que fazer coisas que durem, que fiquem gravadas, dá um prazer muito grande. E percebe que perguntar aos irmãos para que serve escrever é o mesmo que perguntar à mãe para que serve criar galinhas. A resposta que ela vai dar não vai dizer do gosto da galinha se desmanchando na boca, da beleza que é um ovo estrelado no prato, a gema molinha tingindo a língua da gente com uma calda amarela e morna.

Aurora quer experimentar na ponta dos dedos uma alegria semelhante à que tem com o aroma da canja fumegando no prato, a hortelã, o arroz, a cenoura, os pedaços de carne boiando no caldo gordo, a colher pegando com jeito o coração da galinha — que a mãe sempre dá um jeito de guardar para ela —, e depois o gosto que fica no corpo quando se acaba de comer.

As primas não vão ajudá-la, mesmo as mais velhas. Nenhuma delas foi ou vai à escola, não compreendem a necessidade dela, não deixam nem que isso seja conversado entre elas. Maria Isabel ameaçou fazer queixa à tia se Aurora continuasse com aquele assunto de escola. Isolina? É muito metida, não ajuda nem a sombra dela.

Então ela se lembra de que tem um amigo, um amigo que pode ajudá-la. Com essa ideia na cabeça, se levanta rápido da cadeira, Moleque nos calcanhares.

Uma paisagem vazia, vazia

Tudo o que passou pela cabeça de Aurora na tarde do dia anterior, ela procura explicar com certa rapidez a Francisquinho, enquanto dona Henriqueta prepara um refresco na cozinha. Ele não compreende o que Aurora quer dele. Como é que vai poder ajudá-la? Ele não é professor!

— Mas se você sabe escrever, pode me ensinar o que sabe, um pouquinho de cada vez, bem rapidinho, na hora em que eu vier entregar os ovos e o frango à sua mãe. Nem é todo dia. A gente finge que está conversando — Aurora tenta explicar ao amigo. Ele continua a não entender.

— Aprender a escrever demora muito. Um ano inteiro! — falou com o mesmo ar de importância do Péricles, o que deu a maior raiva em Aurora, e continuou — e tem gente que não aprende. Precisa repetir o ano!

— Você me ensina só um pouquinho. Não preciso aprender tudo. Por exemplo, se você me ensinar "Eu sou Aurora", já está bom.

— Mas e você vai escrever com o quê? Você tem uma pena? Tem tinta? Tem caderno?

Tão arrumadinho o plano de Aurora, e ela não tinha pensado nisso.

— Eu arrumo, eu, eu acho que arrumo, o Péricles ou o Augusto, um deles deve ter um resto de caderno velho, uma pena meio velha, um pouco de tinta — e não pôde continuar. Dona Henriqueta já chegava com o refresco, se desculpando pela demora, teve que explicar à criada como é que queria que o frango fosse preparado.

— Espero que a minha demora não atrase você.

— Não, senhora, não me atrasa, não, dona Henriqueta.

— Você tem mais um tempinho? — Aurora balançou a cabeça, concordando, dona Henriqueta continuou: — Então vou trazer uns biscoitinhos e um pedaço de bolo. Assim o Francisquinho aproveita e come a merenda dele com você — e, chegando perto de Aurora, falou junto do ouvido dela: — Assim, quem sabe, ele come mais.

Aurora pensou que se conseguisse fazer a entrega de dona Henriqueta mais ou menos na hora da merenda, podia ter um tempo a mais com o amigo, um tempo que ia servir para o que ela estava querendo tanto. Não podia ser sempre, sempre, para dona Henriqueta não pensar que era abuso, mas quase sempre ela podia estar ali para ajudar o Francisquinho a comer mais, como a mãe dele tanto queria.

Merendou com o amigo, tentando vencer a resistência dele, dizendo que ia encontrar o material que pedia. Mas foi na hora de se despedir de dona Henriqueta, no portão, que Aurora viu que a sorte estava mesmo do lado dela.

— O menino anda tão fraco, precisa se alimentar melhor, e é um fastio que só. Pergunte à sua mãe se você não pode fazer minhas entregas sempre por esse horário — ela falou.

Passava um trem bem nessa hora, um trem que acabou entrando pelo meio das nuvens que enchiam a cabeça de Aurora, mas ela nem se incomodou.

Chegou em casa, falou para a mãe o que dona Henriqueta tinha pedido pra ela e começou a pensar como ia fazer com o material das lições. Andou em volta dos irmãos, tentando saber com muita habilidade se não tinham uma pena velha, uns restos de caderno, um pouquinho de tinta que fossem jogar no lixo. Nem pensou na pedra, que não usavam mais.

— Você está maluca? Como a gente vai jogar qualquer dessas coisas fora? Sabe como tudo isso é caro, a gente precisa economizar o material que o pai compra pra gente. O que é que você está querendo fazer? — Augusto perguntou, e ela deu graças a Deus que Péricles estivesse distraído.

Inventou que era uma história da igreja, a catequista estava recolhendo esse resto de material que ainda pudesse ser usado pelas crianças pobres.

— Criança pobre não vai à escola — o irmão respondeu.

— Não sei, foi dona Presciliana que falou. Mas se você não tem, não tem. Vou dizer a ela.

Disse a Francisquinho, no dia seguinte. Ele também não tinha pena, nem caderno que pudesse dar a ela. Talvez um pouquinho de tinta, se o pai e a mãe não desconfiassem de que ele estava gastando demais, e se ela trouxesse um vidro — ele achava aquela história toda muito esquisita, mas acontece que gostava de Aurora. Gostava de Aurora e começava a pensar que aquela história, talvez —

Uma história um pouco proibida, secreta, um pedaço da vida dele que ficava sendo só dele, sem que a mãe e o pai soubessem. Mas duvidava de que Aurora fosse conseguir, duvidava de que eles fossem conseguir.

Ela não ia conseguir mesmo — agora é Aurora que pensa. Criança pobre não vai à escola, o irmão tinha dito. Ela era pobre? Não sabia. Os irmãos não eram pobres — eles iam à escola. O pai e a mãe nunca tinham dito que eles eram pobres. Ninguém na família dizia que eles eram pobres. Tinha gente com mais dinheiro que eles, como dona Henriqueta, Isolina ou seu Requena. Mas ela não era pobre. Ela não era pobre e não ia à escola. Ela era menina, pensou. Pensou e lembrou das primas. Meninas também não vão à escola, ela pensa, pelo menos a maior parte das meninas. Mas o irmão não disse isso pra ela. Por quê?

O trem passa lá fora, e a cabeça de Aurora não está cheia de nuvens. Dentro da cabeça dela tem uma paisagem vazia, vazia.

Pele de asno

UMA VEZ POR MÊS, ERA SAGRADO. Todo mundo ia almoçar na casa de Jacira e Cibrão, os tios de Osvaldo, que Aurora e os irmãos chamavam também de tios. A família ficava enorme, compreendia os outros irmãos de Osvaldo, os primos e as primas dele, as mulheres, os maridos e os filhos. Quase três dúzias de pessoas — Aurora diria —, catorze adultos, umas vinte crianças. Eram almoços demorados, em que a galinha ao molho pardo, assada ao forno ou ensopada, o macarrão, o feijão, a farofa, a salada, o cozido à portuguesa e a feijoada — o leitãozinho nos dias de festa — se esparramavam em travessas largas, no centro da mesa grande de madeira, posta na sala de jantar, onde sentavam os adultos.

Os pratos para as crianças eram feitos na cozinha, onde comiam, em mesa de madeira também, mas sem verniz. Nem sempre tinham o direito de comer se alegrando, e chegava até elas o burburinho de conversas, a alegria ruidosa da sala de jantar. Vigiadas para que nenhum incidente perturbasse os adultos, contavam com mais ou com menos liberdade, conforme a pessoa que estivesse à cabeceira da mesa. Nas ocasiões especiais — aniversários, Natal, Páscoa e uma série de comemorações particulares —, acabavam ficando entregues aos cuidados de Casemira, a velha faz-tudo da casa. Bonachã, se achando avó de direito de cada uma daquelas crianças, mesmo das que fossem apenas convidadas, encostava a porta (tinha autoridade para isso) entre a cozinha e a sala, sentava também à mesa, desatava a contar e a ouvir histórias. Aí, sim, as crianças entendiam o especial das tais ocasiões.

A voz de Casemira contando histórias na hora do almoço na cozinha se impunha ao aroma da casa grande e ajardinada, cheia de pés de frutas no quintal, a goiabeira danada de boa pra subir, a jabuticabeira carregadinha ao alcance das mãos dos mais pequenos, a mistura de crianças e jovens, dos dois aos catorze anos, as brincadeiras de uns, de outros:

— Cabra-cega, donde veio? — Vim da serra. — E que tens para vender? — Tenho cravo e canela.

"Passa, passa gavião, todo mundo passa; passa, passa gavião, todo mundo passa; a cozinheira faz assim, assim, assado, carne seca com ensopado."

"Fui na Espanha buscar o meu chapéu, azul e branco da cor daquele céu; ora, palma, palma, palma; ora, pé, pé, pé; ora, roda, roda, roda, caranguejo peixe é. Caranguejo não é peixe, caranguejo peixe é, caranguejo só é peixe lá no fundo da maré..."

— Pique-esconde!, pique-bate!, vamos passar anel?

Domingo era a maior algazarra, a fala esganiçada dos pequenos, o coro desafinado dos que não eram mais meninos, mas não eram ainda rapazes, o choro e a autoridade das meninas. As vozes eram laranjas metidas num balaio, não dava para distinguir de quem era o comando do anel, o início da cantiga, o grito do pique. Só a fala de Casemira não se confundia com a de ninguém e era sempre a mais esperada.

Os pratos ficavam logo limpos quando era ela que ficava na cozinha, botando ordem na refeição, como dizia Jacira. Ordem na refeição! As histórias que Casemira contava não eram as que normalmente contavam as pessoas mais velhas (e por isso ela fechava a porta?). Falavam de morte, fantasmas, porcarias. Todo mundo morria de medo, ninguém deixava de escutar, e todo mundo caladinho, naturalmente. Muito diferente de quando era Elza ou Angélica que ficava à cabeceira. Com uma, sempre a maior balbúrdia, Jacira tendo que vir perguntar se a senhora Fome não tinha passado por ali; com a outra, um silêncio gélido, e ninguém vinha perguntar se o senhor Medo estava morando ali.

Naquele domingo, Isolina chegou com um livro abraçado ao peito. Cheia de importância, começa a passear de lá pra cá, o papelão colorido colado na blusa. — Mas você não pode deixar isso de lado? — pergunta Maria Isabel.

Querem brincar de pique-esconde, e essa história de Isolina e o livro que não desgruda dela está atrapalhando tudo. Na verdade, estão todos morrendo de vontade de ver que livro é, de história ou de estudo? Isolina vai deixando ver uma nesguinha da capa, e outra, e mais outra, fingindo que lê mais uma vez o título, que tira uma dúvida, será que é isso mesmo?, e esse jogo vai irritando todo mundo, até que Péricles resolve fazer justiça pelas próprias mãos e arranca o livro de Isolina.

— Pele de Asno — diz, bem devagar, como se tivesse um ovo inteiro dentro da boca e a casca fosse quebrando conforme ia falando. Faz uma cara de inteiro deboche, diz, isso é coisa que não interessa.

Mas o restante dos primos e das primas não pensa assim. Livro é coisa rara por ali, ainda mais de história como deve ser esse, como é, com toda a certeza. O bico de choro que Isolina armou já virou choro mesmo, desatado e barulhento. Pronto! — se a mãe dela chega, acabou a brincadeira, o dia fica imprestável, com todo mundo levando cascudo e ficando de cara para a parede, no castigo. Rapidinho, começam a fazer carinho nela, a distrair a atenção, que livro bonito, quando foi que você ganhou?, é um livro de história? Você já leu? Pode contar pra gente?

— Posso, mas pro Péricles, não.

— Não quero porcaria de história nenhuma. Vê se eu sou um bebezinho que vai ficar escutando história de priminha nojenta.

— Nojento é você, que vive peidando toda hora.

Ponto fraco do Péricles. Furioso, faz um gesto obsceno para a prima, todo mundo suspende a respiração, e acabam por relaxar, isso é assunto deles, ninguém quer meter pai e mãe no meio de peidos e nojos e braço levantado com punho fechado. Augusto resolve chamar a atenção do irmão.

— Para com isso, Péricles. Deixa de ser implicante. E ela é uma menina.

— Implicante, implicante. Você que é idiota, Augusto, um burro que fica ouvindo história de menina. Vou contar para todo mundo no colégio essa sua mania de andar junto de saia de menina — ameaça, enquanto busca aliados com o olhar, mas cadê o olhar de todo mundo? Péricles é um espírito de porco, os primos sabem disso muito bem. Ele sai bufando para os lados do galinheiro.

Com um suspiro de profunda satisfação, Isolina começa a contar a história.

— Era uma vez um asno, que cagava moedas de ouro — risada geral, o que é isso, uma história de cagar?

Isolina fica irritada, não conto mais nada e pronto! — Mas que confusão! — reclama Aurora —, eu quero ouvir a história.

— Eu também — diz Eduardo — adoro histórias de cagar.

— Não é uma história de cagar. O asno é que cagava.

— O que é asno?

— Burro! Não sabe o que é asno?

— Por quê? Sou obrigado a saber?

Empacados todos eles de novo, a história que ameaça não sair do lugar, Isolina de tromba, Maria Amélia esticando a ponta do vestido, no tique nervoso que todo mundo conhece bem, Maria Isabel resolvendo que vai ficar junto da mãe, Augusto balançando a cabeça, Alzira fazendo bico, Iracema sacudindo o pé, nervosa, daqui a pouco vai chutar alguém, Aurora oferece sua sobremesa para a prima contar logo a história.

Alguém lembra de pedir para abrir o livro, mostrar as figuras. Aparece logo o asno.

— Ah, é um burro, um burro que nem você, Gastão — diz Luiz, e cai todo mundo na gargalhada. Todo mundo, menos Aurora, que gosta muito do primo e não entende essa mania que os primos têm de zombar dele.

— Gastão não é burro nada. Ele ajuda o pai na fábrica, coisa que ninguém aqui faz.

— Claro, a gente está estudando — diz Péricles, que já tinha voltado, e estava encostado no pé de goiaba.

— Ué, você já está aí? Também não falou o que era asno. Vai ver não sabia, essa tua escola não adiantou de nada.

— Sabia, claro que sabia. Só não quis falar.

Caçoada geral, Péricles volta para a berlinda. Isolina resolve que conta a história de qualquer jeito, vai começar de novo, por uma outra parte.

— Era uma vez um rei que viveu faz muito tempo e era muito, muito rico. Ele tinha muitas joias e coroas, uma para cada dia da semana, que nem a rainha, que também tinha muitas riquezas e era muito bonita. Os dois eram muito felizes e tinham uma filha, que era mesmo uma gracinha. Na cavalaria do palácio, tinha os cavalos mais lindos do mundo, mas o lugar mais importante era do asno, que —

— Lá vem o asno de novo — lembra Luiz.

— Claro, a história não se chama Pele de Asno? Você queria o quê, um elefante?

— Deixa ele pra lá, Isolina. Continua a história.

— Todo dia de manhã, o criado da maior confiança do rei ia recolher as moedas de ouro que o asno tinha feito durante a noite.

Os primos se entreolharam: tinha feito? Ficaram aguardando mais detalhes, que não vieram.

— Por isso, o asno era muito bem tratado, a água fresca e pão de ló — a prima continuou.

Ninguém entendeu muito bem isso de água fresca e pão de ló, mas dava para entender que o bicho era bem tratado, então ninguém fez pergunta nenhuma, e era o bem mais precioso do rei, depois da rainha e da princesa, é claro — lembrou Isolina de novo.

— Mas um dia, a rainha ficou doente, e vieram todos os médicos do reino cuidar dela, mas ela piorava e piorava e acabou morrendo. O rei chorou muito, chorou demais, mas um dia parou de chorar e pensou em se casar de novo, e foi aí que ele viu que queria se casar com a princesa.

— Com a princesa? A filha dele? Ela não era pequena? — quis saber Maria Amélia.

— Não, ela era uma moça e é que eu esqueci uma parte importante, que a rainha já estava muito mal, vendo que ia mesmo morrer, então ela diz ao rei que se ele for se casar de novo tinha que ser com uma mulher tão bonita e tão cheia de qualidades que nem ela, e como não existia uma outra mulher assim no mundo, quando o rei disse que estava bem, a rainha ficou sossegada, porque assim ele ia ficar viúvo para sempre, lembrando dela a vida inteira.

— E ninguém ia usar as joias e as roupas dela? Ela também tinha uma coroa para cada dia?

— Não sei, isso a história não conta. Mas aí, um dia, o rei viu que existia uma mulher que era bonita que nem a rainha defunta e que tinha todas as qualidades da rainha: era a princesa.

— Cruzes! Que ideia desse rei.

— Bom, vai ver que naquele tempo pai podia casar com filha.

— Mas como vocês falam! Nem parece que querem ouvir a história.

— Mas e o asno? Onde é que ele foi parar? Ele continuava a cagar as moedas de ouro? — Luiz queria saber.

— Continuava, claro que continuava, seu idiota.

— Não precisa me xingar. Só perguntei.

— Ai, vamos parar com isso. Conta, Isolina.

— O asno vai morrer logo, logo. Porque o rei quer porque quer casar com a filha, que fica apavorada com essa ideia e vai pedir ajuda à fada-madrinha. A fada, que era muito poderosa e sabida, diz a ela que não se preocupe e que peça ao pai para dar a ela um vestido da cor do Tempo. Então, a princesa vai e pede ao pai o vestido da cor do Tempo.

— Que interesseira essa princesa, hein?

— Olha quem fala. Logo você, Maria Isabel.

— De novo, não! Ninguém mais pode falar nada, a não ser a Isolina — Aurora interfere, cansada de tanta interrupção.

Para surpresa geral, todos concordaram com Aurora e decidiram que não se interrompia mais essa história, que estava ficando muito legal. Mas antes a Isolina tinha que explicar essa história de cor do Tempo. Qual é a cor que o Tempo tem?

Ela não sabe, resolve abrir o livro para dar uma olhada na história.

— Se fosse na escola, o professor te dava zero — falou Péricles, e todos lembraram a ele que o combinado foi ficarem de bico fechado — não sou passarinho pra ter bico — ele logo respondeu —, vou te dar um murro na cara — Luiz ameaçou —, mas vocês falaram também, por que eu não posso falar? — lembrou Péricles —, perguntamos da cor do Tempo, e perguntar pode, porque a gente não entendeu — respondeu Luiz no lugar de todos.

— A cor do Tempo é azul — esclarece Isolina e vai logo acrescentando —, e o rei, que tinha ameaçado enforcar os alfaiates do reino se eles não conseguissem fazer o vestido que a princesa pediu, foi exibi-lo todo orgulhoso para a filha, perguntando para quando podiam marcar o dia do casamento. Maravilhada com o vestido, mas apavorada com a ideia de casar com o pai, a princesa corre para sua madrinha, implorando ajuda.

"Não se preocupe, minha querida" — disse a madrinha. — "Peça a seu pai um vestido da cor da Lua. Ele não vai conseguir e você estará livre dessa ameaça."

Alguns dias depois, lá estava o vestido da cor da Lua pronto para a princesa vestir. Ela volta para a fada-madrinha que manda que dessa vez ela peça um vestido da cor do Sol. O rei não vai conseguir. Mas acontece que, três dias depois, um vestido deslumbrante é levado pelo rei até a princesa. Ela está encantada com vestidos tão belos. E corre, mais uma vez, para sua madrinha, que a aconselha a pedir a pele do asno

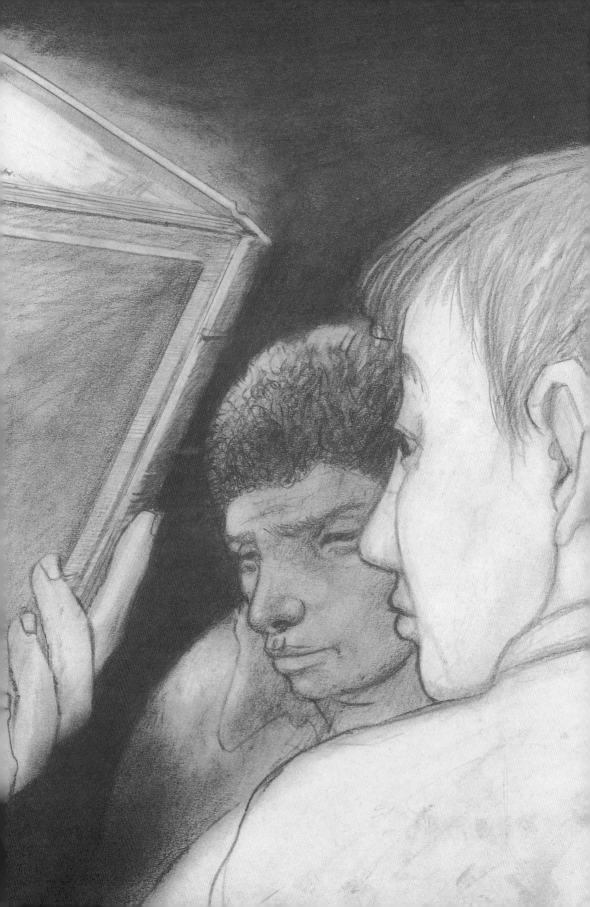

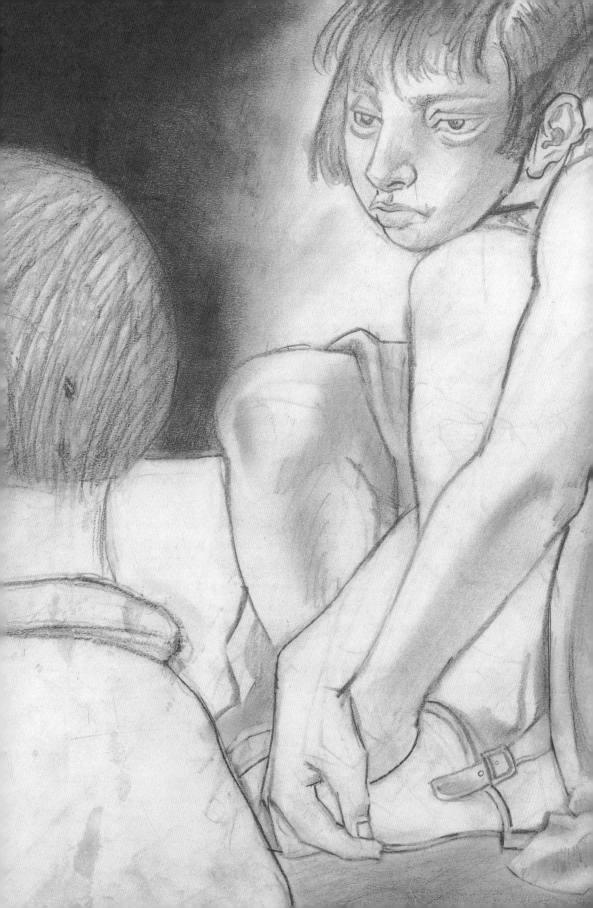

das moedas de ouro. "Ele não vai se separar desse bem mais precioso e então você vai estar livre dessa ameaça de uma vez por todas." Mas foi só a princesa pedir, e a pele do animal já estava aos pés dela. Ela está apavorada, e chora, lamentando sua sorte. A madrinha aparece e diz que, quando se é boa, não se deve ficar com medo. Ela vai precisar fugir, bem disfarçada, porque o rei está mesmo muito apaixonado.

"Olha só esta caixa, em que você vai pôr todos os seus vestidos e seus sapatos, seu espelho, suas joias, seu pente, sua escova, seus perfumes. Eu vou te dar ainda minha vara de condão. A caixa vai seguir você por onde for, e vai bem escondida, por baixo da terra. Quando quiser abri-la, basta tocar o chão com a varinha e tudo que ela contém vai estar ali, para que você use à vontade." Isolina deu uma parada, viu se todo mundo estava prestando bem atenção e continuou. — Depois disso, a fada disse: "Para que ninguém reconheça você, deve se enfiar debaixo da carcaça do asno morto. Não existe melhor disfarce. Quem vai pensar que debaixo dessa pele nojenta está uma princesa tão linda?"

A princesa, então, fez como sua fada-madrinha falou. E começou a vagar pelos caminhos, enquanto o rei mandava que procurassem a princesa sumida por todos os cantos do reino. Não houve um lugarzinho que não fosse examinado em busca da amada do rei, mas quem ia adivinhar que aquela mendiga, que ia pela estrada, a cara toda emporcalhada, a roupa suja, pedindo um serviço pra fazer, um lugar pra ficar, era a bela princesa? Ninguém queria saber de levar para casa uma pessoa tão suja. A princesa disfarçada andou, andou, andou, até que a mulher de um fazendeiro que precisava de uma criada para o serviço da cozinha e do chiqueiro, resolveu que ela poderia ficar ali. Deu pra ela um quarto no fundo do pátio, um bocado de tarefas pesadas e o nome de Pele de Asno. A moça trabalhava sem parar, os outros empregados faziam dela gato e sapato. Só aos domingos, quando ia pro quarto, depois de ter feito todo o serviço, é que Pele de Asno tinha um pouco de sossego. Fechava a porta, lavava a cara e os braços, batia com a varinha de condão no chão, o baú aparecia, ela escolhia um dos vestidos, se enfeitava com as joias, penteava os cabelos, ficava se olhando no espelho. Suspirava, lembrando do tempo em que vivia no palácio do pai — o suspiro de Isolina acompanhava o suspiro dela, fundo, fundo, e primos e primas suspiravam juntos também, triste destino de Pele de Asno.

— Ora — continuou Isolina —, esqueci de dizer que havia um rei muito rico e poderoso que gostava de caçar por aquelas bandas, e o príncipe, filho dele, vinha, de vez em quando, descansar e beber um pouco de água fresca bem no pátio da fazenda. Numa tarde de domingo, andando pra cá e pra lá, meio chateado porque perdeu a pista de uma raposa que vinha perseguindo há um bom tempo, ele resolveu olhar pelo buraco da fechadura do quarto de Pele de Asno. Olhou pelo buraco da fechadura e ficou sem fôlego, pois lá dentro estava uma princesa lindíssima, vestida da cor do Sol, um brilho que era mais forte dentro do quarto que o da própria luz do Sol do lado de fora. O príncipe foi tomado por uma paixão e —

— O almoço está na mesa! — gritaram de dentro de casa, e a garotada deixou escapar um ah! de desconsolo e resignação.

Aurora pensou em protestar, pedir para esperar até o fim da história. Não adiantava. Sabia que, nessas horas, todos se lembravam de que estavam com fome, uma fome terrível que não podia esperar nem mais um minuto e que, se não se lembrassem assim, tão urgente, da fome, os pais e as mães iam lembrar a eles que não se deixa um adulto chamar sem atender logo, seja pelo motivo que for. Ficou aflita, tentou pedir a Isolina que continuasse a contar a história pra ela enquanto almoçavam, mas quem estava tomando conta da mesa das crianças era a prima Elza, que implicava por qualquer coisa e não gostava de conversa na mesa. Além disso, Isolina estava muito empenhada em se desfazer do espinafre e da cenoura postos no prato dela. Depois do almoço, ela continua, Aurora pensou, mas depois do almoço os pais de Isolina resolveram que iam logo embora, por causa de uma visita importante que tinham que fazer, Aurora então pensou — no outro domingo.

Os outros domingos apresentavam um impedimento de cada vez, e Pele de Asno acabou ficando para sempre parada naquele domingo em que o príncipe a viu pelo buraco da fechadura. O cheiro de mar que acompanhava os domingos de Aurora, ao ir para a casa dos tios, uma provocação que saía de casa com ela e a fazia voltar de cada vez com algum pequeno tesouro, foi enfraquecendo, perdendo a brisa, o peixe de prata, a alga, a concha — perdendo o sal.

Dentro da cabeça

O FATO É QUE O LIVRO DE PELE DE ASNO, a história de Pele de Asno encheram a cabeça de Aurora de coisas que antes não estavam lá dentro. Agora, quando está recolhendo os ovos, está com o pensamento longe, longe — ou melhor, o pensamento de Aurora está muito perto dela mesma. Sentia uma febre nas ideias — tinha uma caixa igual à de Pele de Asno. E quando nas tardes de domingo se trancasse no quarto, batesse com a varinha de condão no chão, a caixa apareceria e se abriria. Se abriria e o que teria lá dentro? Penas, muitas penas. Penas douradas, com cabo de madeira envernizada, de madeira pintada de vermelho, pintada de azul. Penas e tinteiros: tinteiros com tinta preta, com tinta vermelha. Papel: um bolo de papel, uma chusma de papel, um monte de papel. E até — Aurora sonhava, inventava — uma mesinha baixa, que ela não tinha visto em nenhum lugar, mas sabia que existia, que devia ter existido um dia, uma mesinha que é também uma caixa, ou o contrário — uma caixa que é mesa —, ela não sabe bem. De dentro da caixa grande, sai essa caixa menor, cheia de gavetinhas: numa se guardam as penas, noutra se guardam os tinteiros, noutra se guarda o papel. É uma caixa de madeira trabalhada, como os móveis do seu Requena; uma caixa antiga, uns recortes que nem renda, uns pedaços de metal dourado com desenhos de arabesco. E com penas de ganso — que também foram usadas para escrever, conforme Augusto já disse a ela —, muitas penas de ganso lá dentro.

Não é uma caixa, é um sonho, reconhece. Então, para não ficar com as mãos vazias — os sonhos se acabam quando a gente acorda —, Aurora aceita que dentro da caixa não estejam todas as coisas lindas que pensou, mas apenas a pedra. A pedra e o pedaço de cal, que os irmãos usaram para aprender a escrever. Numa tarde de domingo, trancada no quarto, ela abriria a caixa, pegaria a pedra e a cal — não, prefere a pena de ganso e uma folha de papel —, então, sentada na cadeira, a pequena mesa sobre os joelhos, com a pena de ganso na mão, a folha de papel nova e bem lisinha, o tinteiro destampado — tudo pronto para mergulhar a pena na tinta e começar a escrever. "Eu sou Aurora" — ela está escrevendo. Está escrevendo, tem um susto: e se alguém estivesse olhando pelo buraco da fechadura? Se alguém estivesse olhando, veria ela ali dentro, como o príncipe viu Pele de Asno no quarto dela, se olhando no espelho, com a roupa da cor do Sol e cheia das joias mais lindas. Mas quando o príncipe viu Pele de Asno, não foi Pele de Asno que ele viu, ele viu foi uma princesa lindíssima. E ela? Quem a visse dentro do quarto, não era Aurora que ia ver — era quem?

Quem? Não sabia.

Era uma sonhadora, uma estúpida que acabava se esquecendo do que estava a fazer. Quase que o Estêvão lhe dá uma bicada e foge pela porta entreaberta na hora de ela sair do galinheiro. Aurora deu um pontapé disfarçado e com força nesse galo abusado.

Voltava para a cozinha, a cesta cheia de ovos, alguns limpinhos, outros sujos de titica, serragem e pena. Alguns vermelhos — vermelho? —, as pessoas dizem assim, mas não se pode chamar essa cor de vermelho, parece cor de café com leite e groselha; outros brancos, outros entre esse tal vermelho e o branco. Botou a cesta em cima da mesa, pegou várias vasilhas, começou a separá-los. A mãe faria os pacotes, mais tarde, depois que todos estivessem limpos e secos. Mais de três dúzias! — ela contou. A mãe tinha ensinado que doze ovos faziam uma dúzia, que seis faziam meia dúzia. A mãe ensinou Aurora a contar, a conhecer o dinheiro, a fazer troco para as freguesas, quando era o caso. Mas a mãe não ensinava a — o dedo de Aurora deslizou sobre a pedra cinza-esverdeada da mesa — como saber o jeito de fazer o desenho de uma letra, de saber quantas letras se devem botar numa palavra — dúzia ou meia dúzia? O dedo continuou sobre a pedra, foi andando, andando, parecia enfeitiçado, será que estava escrevendo "eu sou Aurora"? Será que ela podia aprender a escrever com o dedo? — teve a ideia de repente, ia perguntar a Francisquinho, ah, mas, se fosse assim, o dedo ia ficar manchado de tinta, todo mundo ia ver e perguntar. Não tinha jeito, era uma idiota, uma parva! Ficava com esses sonhos, nem sabia o que podia e o que não podia. E ela por acaso tinha um quarto só para si?! Tinha uma caixa para si? Tinha alguma coisa que era sua, além da roupa, do par de sapatos, das chinelas? E a pensar que podia ter penas, tintas, papel. — Parva! — falou alto, meio arrebatada, a mão que se tinha levantado para agarrar alguma coisa no ar, voltando para a mesa, esbarrando num ovo, a mancha gosmenta sumindo em meio ao marrom e amarelo dos ladrilhos.

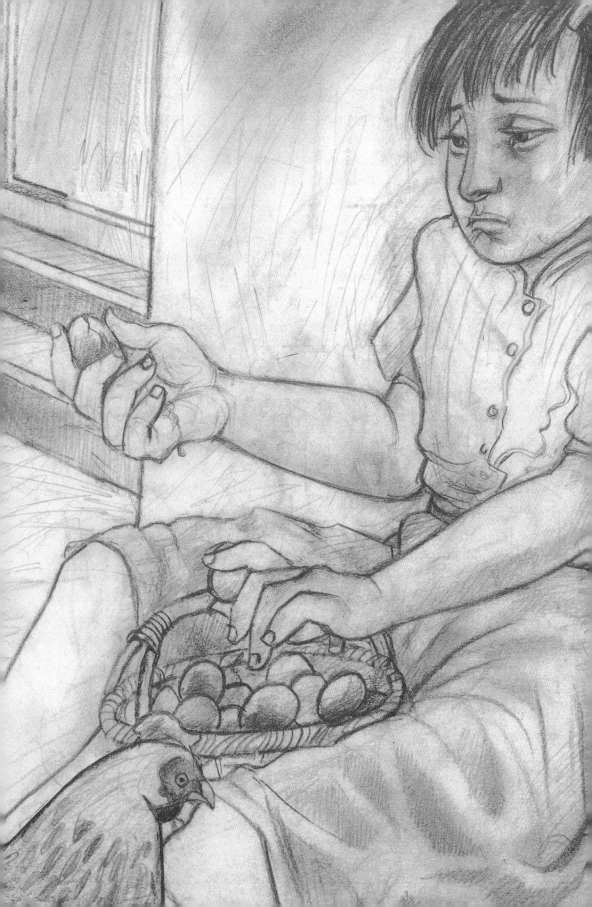

— Parva — repetia, sem dar conta do Moleque que vinha ajudá-la, zupt!, não tinha mais mancha nenhuma, até da casca ele deu conta. — Parva — não ia parar de falar se a mãe não aparecesse na cozinha, que histórias são essas de parva, parva? E o barulho que ouvi lá de dentro? Caiu algum ovo no chão? — a voz da mãe vinha de um lugar distante, de dentro da história que Isolina não acabou de contar, talvez. Pele de Asno viu o príncipe que a espiava? Se tivesse visto, teria dito o quê? Moleque lambia os beiços.

— Então, que histórias são essas? — insiste a mãe. — Ora, que me estás estranha, rapariga — Estefânia desconfiava, e não sabia do quê.

Aurora considerou que era melhor dizer à mãe que sentia as tremuras. Era a forma certa de ser mimada e cuidada, esquecido todo o resto. Não mentia, não se complicava. Ia para o quarto, a mãe a preparar os chás calmantes que usava sempre, antes dos remédios que o médico receitara para os ataques.

Deitada na cama, entre a parede e o armário, o canto que nem Augusto nem Péricles queriam, ela ficou pensando em todas aquelas coisas, diferentes, inquietantes — princesa com uma pele de asno, caixa secreta com penas.

A voz de dona Henriqueta vem se meter bem no meio dos pensamentos de Aurora:

— Às vezes, me sinto assim, como a princesa se escondendo debaixo de uma pele suja — a voz da vizinha chegava a Aurora, enraivecida e seca, como nunca tinha ouvido antes.

Henriqueta teve suas letras, estudou até o complementar. Filha única de família que nunca experimentou dificuldades, pôde se dar ao luxo de ficar na escola por mais de dez anos. E o que fez de todo esse tempo? Meteu no balaio da costura, junto de linhas e panos, por ordem do noivo. "Mulher minha não tem o que fazer com o estudo" — ele disse, na frente das duas famílias e dos convidados, na hora de pedir a mão de Henriqueta em casamento.

Ninguém duvidou do que ele falava, concordaram todos que moça de boa família casava e cuidava do marido, da casa e dos filhos. Henriqueta só teve o Francisquinho, frágil desde pequenino, porque ela mesma era frágil, deixada para trás, na porta da igreja, sua boa saúde de moça. Mas por que contava tudo isso para Aurora?

Aurora tinha perguntado a ela se conhecia o livro, a história de Pele de Asno, se sabia o final para contar a ela. Conhecia, não lembrava o final, que devia ser feliz, e mentiroso, como em todas as histórias de fada.

— Mentiroso, por quê? — Aurora havia perguntado, mas dona Henriqueta estendeu para ela o dinheiro trocadinho dos ovos e do frango, Francisquinho havia acabado de merendar, ia continuar a fazer o dever, até sexta-feira, Aurora, ela falou.

Voltando para casa, Aurora deixou Pele de Asno de lado e foi pensando que ela queria um final feliz para sua própria história, não se incomodando se fosse mentiroso ou não. Não se incomodava de nada, contanto que pudesse escorregar a mão sobre a folha de papel, a pena bordando a página, de alto a baixo, de um lado a outro, eu sou Aurora, eu sou Aurora, não sou Pele de Asno; gosto de brincar com o Moleque, detesto o Estêvão; se eu pudesse, ficava aprendendo a ler e a escrever o dia todo, fazendo deveres da escola que nem o Augusto e o Péricles.

Espiava Augusto fazendo os deveres; Péricles nem pensar, ninguém podia estar perto, nem mesmo olhar, quando fazia os deveres. Mas Augusto não, Augusto não se incomodava que ela se debruçasse na mesa, olhando bem de perto os volteios da mão dele, as viradas para cada letra ou número. E isso não adiantava nada para ela aprender, ele fazia tudo tão rápido, a escrita, uma cobra comprida desenrolando-se na folha. E Aurora olhava, mesmo assim.

A mãe chegou com o chá, ela bebeu, obediente, e disse, já está passando, mãe, foi bom mesmo eu me deitar um pouco, mas já posso levantar, voltar a cuidar dos ovos.

Estefânia disse que não, que continuasse deitada. Aurora insistiu, não queria deixar a mãe fazer o serviço sozinha. Estefânia foi taxativa: que só se levantasse na hora do jantar.

O MUNDO É UMA LUZ QUE ESCURECE

ELA NÃO LEMBRAVA DOS PRIMEIROS ATAQUES. Dizia a mãe que foi lá pelos três, quatro anos, e andou com ela por benzedeiras e comadres, até que uma delas disse que aquilo era coisa de médico. E o médico disse que era coisa de cabeça. E começaram os remédios, mas o susto se acendia toda vez que Aurora ficava mole, revirava os olhos, caía no chão debatendo-se toda, como se tivesse dado nela uma dança de São Guido, só que mais demorada.

Estefânia era rápida, sabia como agir com a menina, como afastar de perto dela as coisas que pudessem vir a machucá-la, soltar a roupa, se estivesse apertada, meter um pano entre os dentes dela, para que a língua não viesse a sufocá-la, e dizer palavras doces enquanto esperava que a filha voltasse ao normal.

Os remédios ajudaram muito, mas não acabaram com os ataques. E quando vinha um ataque, Aurora só sabia que um ponto no seu olho ficava preto, o ponto crescia, era a noite chegando antes da hora, sem que as galinhas tivessem se recolhido. A noite caía de golpe, de uma só vez, com a maior força de apagar que Aurora conhecia. E depois da noite, o dia — chegando devagar e nublento. Ela demorava a enxergar o claro da luz, a ver o mundo de novo. Ouvia, antes de ver, e era a voz da mãe — vinda de um tempo que era bom, de um tempo sem ataques nem mundo escuro —, que a ajudava a voltar para a vida de todo dia.

Os ataques de Aurora eram sabidos da família, de amigos mais chegados. Ela não sabia se isso fazia ou não diferença quando falavam com ela, quando repartiam as coisas entre todos os primos. Sabia que havia muita gente igual a ela, as filas no hospital eram grandes, a sala de espera, pequena. Dona Luísa, talvez ela é que mostrasse um jeito diferente de tratá-la, um jeito bom e estranho, como se houvesse nela, Aurora, alguma coisa escondida, diferente e poderosa. Falava com Aurora, pagava a encomenda, pedia mais ovos ou frango para tal dia, e ficavam faltando palavras — era a impressão que Aurora tinha. Um convite, podia ser, que não se fizesse. Mas como não havia nenhuma hora em que dona Luísa falasse com ela e com outras pessoas ao mesmo tempo — a não ser na hora de entrada e saída da igreja, aos domingos, quando estava de braço com seu Requena —, não podia saber se era assim mesmo. No entanto, sem saber se dona Luísa via nela qualquer coisa diferente que os outros não veriam, gostava do que ficava no ar, uma palavra que seria dita, um caminho em que só elas duas andassem.

Na vida de Aurora, os ataques não causavam maior estrago. Até o dia em que a mãe disse que era por causa deles também que não podia ir à escola. Descobriu, então, que isso podia ser a diferença entre ela e os irmãos, entre Isolina e ela. E passou a não se conformar. Passou a ver no mundo que se apagava um mundo que perdia uma parte de luz, mesmo se depois voltassem o dia e a luz. Não falava disso com ninguém, é lógico. Com quem iria falar? Quem iria entender? Quem permitiria uma conversa sobre esse assunto?

Nem o pai nem a mãe disseram alguma vez a ela que não se falava sobre isso, mas havia um silêncio, uma falta de palavras que não era como a falta de palavras de dona Luísa. Enquanto, sem palavras, dona Luísa falava de alguma coisa que havia, a falta de palavra dos pais era para dizer que não havia. O quê? — o que havia ou não havia? Tanta falta, tanta coisa sobrando na vida de Aurora.

Como as aulas de bordado com a mestra inglesa.

Num domingo, novidade na casa do tio Cibrão. Maria Isabel e Maria Lúcia estavam aprendendo a bordar em ponto de cruz e tia Amenaide mostrava, orgulhosa, os progressos das filhas. Aurora não ia nem olhar direito — tinha lá suas razões pessoais —, mas resolve dar uma espiadinha como quem não quer nada — e fica de queixo caído. É uma letra que elas estão bordando. Uma letra.

Vai pedir à mãe, ora se vai.

— Estão a aprender com a dona Déloei, é assim que se fala, César? — pergunta Amenaide, apostando na maior sabedoria do marido e, como ele não respondesse, entretido com os outros homens, explica às mulheres: — É que ela é inglesa. Mestra bordadeira. Resolvemos colocar as meninas para aprender, não para bordar para os outros, que a gente não precisa disso, graças a Deus, mas para irem começando a preparar o enxoval.

Decisão sábia, asseguram todas as outras. As meninas exibem um *A* bordado em vermelho e verde. Opiniões para lá e para cá, está bom, pode estar melhor, falta isso, deveria ter aquilo, é a melhor mestra que tem por essas redondezas, Amenaide justifica, um tanto irritada.

— Falamos por falar, querendo ajudar. Tive uma mestra impecável, realmente a melhor, mas lá se vai algum tempo. Só estou dando sugestões para que você, em casa, aperfeiçoe os trabalhos das meninas — falou Elza, sempre corrigindo, sempre sabendo mais — e com um enxoval todo bordado nas gavetas, amarelando sem uso, falavam as más línguas.

Como ali só havia boas línguas, terminaram todas por concordar que a mestra inglesa era estupenda, as meninas tinham futuro, o enxoval delas faria inveja às meninas de casas ricas que, mesmo pagando, não contariam com a beleza que as duas Marias podiam produzir.

Aurora não se aguenta e pergunta ali mesmo, baixinho e disfarçado à mãe, mas sem conseguir esconder dos outros ouvidos, se ela também não pode ir aprender a fazer letras com a mestra bordadeira.

Além da intromissão em conversa de adultos, a exposição à humilhação familiar. Estefânia reage, decidida:

— Ai, que tu vives a imaginar coisas. É cedo demais, não vês?, para que comeces a pensar em enxoval — e antes que lembrem a ela, vai lembrar às outras, que não são melhores do que ela, que se empenha em alguma coisa. — Não vês que tuas primas não precisam estar a ajudar a mãe, que não precisa estar a criar galinhas, porque não tem filhos na escola? Preciso de ti ao pé de mim, rapariga, será preciso que te lembre, sempre?

Devia haver algum outro sentido guardado no que Estefânia dizia, pensava Aurora de um lado. De outro, ficava pulsando dentro dela, em vermelho e verde, uma letra bordada em ponto de cruz. Uma letra pulsava dentro de Aurora, mas entre "É cedo, não é cedo" — um debate ganhava lugar entre as mulheres. Com que idade deve uma menina começar a bordar seu enxoval de noiva? — a pergunta corria, não é bordar o enxoval de noiva, é só aprender a bordar, observa Angélica.

Aurora sai, de fininho. Que bom que esqueceram dela, ainda que pense que a mãe vai se lembrar muito bem, assim que dobrarem a esquina, na volta para casa. Tem sede, percebe, e vai até o filtro. Na cozinha, Casemira termina a arrumação da louça. Sacode as mãos, tira o avental de algodão, leva para pendurar na corda, no quintal, junto do tanque. Com o copo de água na mão, encostada ao portal, Aurora olha lá para fora. Flertando com a brisa da tarde, o avental é uma borboleta cor-de-rosa, e o *A*, o *A* de avental, bordado na barra, é uma língua de fogo lambendo a tarde de maio.

— Mas o que é uma letra, afinal? — ela se pergunta. — Por que as pessoas escrevem? Quem inventou a letra? Porque a letra não deve ter existido sempre, como Deus. Por que essa vontade de saber o que parece tão fora de alcance?

Com o copo d'água esquecido na mão, Aurora faz, sem saber, uma viagem para muito longe e para muito tempo atrás, cinco a seis mil anos, mais ou menos. Os seres humanos trocam coisas entre si, eu crio as ovelhas, você planta o trigo, podemos trocar uma das minhas ovelhas por umas quantas medidas de trigo; agora tenho também o trigo, mas o pão que você faz cheira tão bem quando cozinha, melhor, bem melhor do que o que eu faço; e o queijo que você faz é tão branco e saboroso, podemos continuar a trocar o que você faz pelo que eu faço.

E trocam, como trocam as pessoas. O que é nosso nunca basta, há necessidade de dar o nosso para o outro, de ter também o do outro conosco. E tem, ainda, as diferenças de trabalho, de lugar, aqui é melhor para cultivar o arroz, lá é melhor para o pasto dos animais, quem vive à beira do mar ou do rio tem o peixe em abundância e carece de leite, do sabor de outras carnes.

Com tanta troca, as contas ficam complicadas. É preciso encontrar uma forma de registrar isso, de saber se a troca foi justa, se as quantidades estão equilibradas. Desse assunto Aurora entende bem. Quando começou a entregar os frangos e os ovos, a mãe foi explicando a ela o preço de uma dúzia de ovos, de um frango, ensinando a calcular o preço de meia dúzia, de duas dúzias, a fazer troco.

É para registrar as contas que nasce a escrita, mas o ser humano vai percebendo, pouco a pouco, muito lentamente, as possibilidades da sua invenção, as outras necessidades que começam a surgir a partir daí, as transformações que ocorrem nesse movimento. Mil anos para que os muitos sinais cuneiformes — assim chamados pela forma de cunha que o cálamo, pedaço de madeira apontada com que se traçavam os caracteres, imprimia nas tabuinhas de argila — fossem condensados num número menor de caracteres.

Encontradas na Ásia, na antiga Mesopotâmia, no país de Sumer, essas tabuinhas são o registro mais antigo do surgimento da escrita e atestam um nascimento sem glória: gravar no barro fresco as contas comerciais ou os registros de propriedade. Avançava-se, assim, em relação aos pictogramas, desenhos simplificados e parciais de um objeto ou de um ser, inscritos em placas de argila mole, postas em seguida a secar ao sol ou cozidas no forno.

Num caminhar bastante lento, a escrita vai buscando conjuntos mais facilmente retidos pela memória: depois dos sinais cuneiformes, há de se esperar mais uns mil e quinhentos anos para que os fenícios — grandes comerciantes e viajantes — venham a inventar o alfabeto, capaz de traduzir em sinais os sons de uma língua. Entre essas transformações, o princípio decisivo do fonetismo, com os sinais gráficos representando os sons da língua falada.

Bastam alguns sinais combinados, e um idioma inteiro pode ser transcrito em sua força de significar os seres, as coisas, o mundo. Com o alfabeto, a escrita pode tudo. Da contabilidade às outras espécies de registro, ela torna-se uma ajudante da memória, depois uma maneira de guardar os traços da língua falada até ganhar, por fim, a função de servir à comunicação das ideias e dos sentimentos, como técnica para pensar e exprimir esse pensamento. Estamos ainda na história pré-cristã, e os antigos sumerianos, os acadianos, os babilônios e os assírios já inventaram a correspondência, o correio e os envelopes em argila, que podem ser achados em alguns raros museus do mundo.

A escrita cuneiforme permitiu transcrever hinos religiosos, fórmulas para invocar os deuses e as histórias que registravam a alma do povo — a literatura. A Epopeia de Gilgamesh, escrita por volta de 3000 a 2500 a.C., narra as aventuras lendárias de um rei em sua busca pela imortalidade.

— Ô, Aurora, tá sonhando de olho aberto, minha filha? — pergunta Casemira, estranhando a menina parada ali, fora do círculo das brincadeiras barulhentas dos primos e das primas.

— Eu — eu só — só pensava que — que o avental ali na corda parece uma borboleta, a senhora não acha? — responde, envergonhada.

Ô, Casemira, não é Aurora que sonha tudo isso. Um sonho se faz da mistura entre o adivinhado e o sabido e nele você vai a lugares onde nunca esteve antes, mas para isso é preciso saber de que são feitos os lugares. Você pode sonhar uma árvore de pedra, porque conhece as árvores e as pedras, mas não conhecendo uma ou outra, não tem como sonhar a mistura delas. Você — que conta histórias tão bem — sabe disso, Casemira. Ainda não morreu, mas já viu muita gente morrer, já viu a luta, a agonia, o medo estampado na face de quem está indo embora, de quem está por perto assistindo. Já sentiu o cheiro da morte, das porcarias que traz com ela. Por isso, você conta, à meia-porta, histórias de agonias, de fantasmas, de corpos que apodrecem, de palavrões, de partes sujas do corpo. Conta, os adultos sabem, e não proíbem que você o faça. Alguém tem mesmo que contar isso às crianças, prepará-las para esse encontro que vai acontecer na vida delas, e, em geral, nunca demora muito. Um avô, a tia mais velha, o padrinho, a vizinha de frente. Então, o velhinho que engana a Morte, a Morte que nunca é vencida, o corpo despedaçado do fantasma caindo do teto da casa em cima do viajante, histórias de peido, de cu, de caganeira — e já é o bastante. O sexo fica para depois, você sabe muito bem.

Não é Aurora que sonha a viagem à Mesopotâmia, Casemira. Por mais que deseje, ela não possui os meios para fazê-lo. É uma outra pessoa, uma outra pessoa que, depois dela, vai poder fazer essa viagem, inteira, de frente para trás, de trás para a frente.

Mas, se Aurora não pode imaginar a letra nascendo tão longe, pode intuir que a letra nasceu um dia, como parte do grande sonho humano de vencer os limites de tempo e espaço — insuportáveis à espécie. A intuição é uma forma refinada de inteligência à qual não se costuma dar muita atenção. Fruto de tudo que se vai capturando com um radar de que não se tem plena consciência, a intuição articula em zonas do eu que ainda não são muito claras para a ciência esses fiapos de informações, de saberes, e constrói com eles seu próprio saber. Aurora não tem informações sobre o que a letra representa de ganho à mortalidade humana, mas — intuitivamente — ela sabe disso. Sabe que a letra permite às pessoas estar aqui e em outro lugar, neste tempo e em outros tempos. A letra é um meio de transporte, tem a essência da viagem — olhando o avental pendurado na porta, o *A* que acende a imaginação dela, Aurora sente no corpo o balanço do mar, o balanço forte do mar, e ouve com nitidez o barulho do trem junto dela, embora não haja barco por perto, longe, da mesma forma, a linha do trem.

A LETRA DENTRO DA FÔRMA

— Não consegui, Francisquinho. Você não tem nada para me emprestar?

Ele responde que não. Arrumar um tiquinho de tinta e um pedaço de papel ainda é possível, mas e a pena? Pena é coisa que não se empresta — cada um tem seu jeito de escrever, aí se a pena se estraga, o que vai dizer ao pai? Depois, se a mãe dele vir que Aurora está usando as coisas dele, aí, sim, vão ter uma grande confusão! Para não dizer que não quer ajudá-la, vai começando a mostrar as letras. Aurora fala do *A* no avental de Casemira, Francisquinho mostra a ela um B.

— É diferente, ela diz.

— Claro que é diferente. Este é o B, não é o A.

— Não, é diferente porque a letra está assim, presa. Nenhum risquinho sai dela, nenhum vai mais pra longe. Parece que está numa fôrma.

— É, é a letra de imprensa.

— Por que é que se chama assim?

— É a letra usada para fazer os livros e os jornais, não é a letra que a gente usa para escrever com a mão.

— Mas por que chama assim, imprensa?

— Ah, Aurora não dá para explicar tudo.

Se isso é tudo o que ela quer: saber por quê. Trocar e depois expressar para além de todo o limite. Essa vontade imortal, que nunca se apaga na espécie. E essa letra de imprensa — ela não sabe, nem mesmo Francisquinho — mas é com essa letra, simplificada, posta numa fôrma, que os objetos escritos vão ficar acessíveis a um número muito maior de pessoas.

Mais simples que a letra manuscrita, suprimidos os traços pessoais que dificultem a compreensão, a letra de imprensa veio para ficar ao alcance de todos. Ao alcance de todos, mas não de Aurora.

Não pode ir à escola, não pode aprender a bordar letras com a bordadeira inglesa, o material está difícil de arrumar, Francisquinho irredutível, sem caneta e papel não tem ensino nenhum, Aurora junta coragem e pede à mãe para aprender a ler e a escrever.

— Tem professora que ensina a ler no fundo da casa, no quintal. Dona Luísa me falou que tem uma que mora do outro lado da linha do trem —

— Do outro lado da linha do trem? Mas estás louca, rapariga? Tu achas que vou te deixar atravessar a linha? Tu achas mesmo?

— O Augusto, ele pode atravessar comigo.

— Como, me diga, como? Ele tem a escola, os deveres.

— Então, ele mesmo não podia me ensinar? — Aurora busca enumerar que coisa mais, que coisa mais pode inventar para pedir —

— Que febre é essa que te está dando?

Que febre é essa? Trocar, trocar, expressar para além de todo limite. Essa vontade, essa vontade de não ser pedra, nem bicho, deixar nossa passagem marcada, gravar. Gravar o que vai dentro da gente, deixar para que qualquer um, seja quem for, seja quando for, seja onde for, experimente as mesmas coisas da gente ou reconheça, nas coisas da gente, as próprias coisas, e escape, assim, da tristeza enorme de pensar — é só comigo que acontece assim. Poder ler sozinha a folhinha na parede, as páginas do almanaque, o jornal que conta o mundo para o pai, nos domingos. O mundo, que os irmãos também podem ler, quando querem. Quando se lê o mundo, a gente não está mais sozinha — Aurora não sabe dizer a palavra solidão, e não é por isso que não sabe experimentá-la.

Lambuzar os dedos de tinta, marcar as páginas com a presença dela no mundo. O padre, na igreja, diz que todo mundo morre, vira pó, só a alma é que se salva. A alma pode escrever? Se morreu, não está mais aqui, não tem como escrever. Fica só a alma, no céu, purgatório ou inferno. Quando eu morrer, quem vai saber que eu existi, depois de um tempo? Quem vai saber como eu era? Eu sou Aurora! — tem vontade de gritar, de sacudir a mãe para que escute.

Baixa a cabeça, sacode as ideias. As ideias não vão embora, estão ali, ali, dentro da cabeça, é a vontade de Aurora no mundo. Como vou saber do mundo que existe? Do resto das coisas, de tudo que não está aqui? Lambuzar o dedo na tinta, segurar a pena molhada de tinta, molhada de tinta —

Estefânia está assustada. O que deu na menina? Esse silêncio, essa cabeça baixa — não é do feitio dela. A mãe sente que precisa falar, precisa dizer alguma coisa:

— É que não se usa, não se usa que uma mulher aprenda a ler e a escrever. Tem as que aprendem, mas não serve para nada, depois. Nada. E mulher que sabe muito fica sem marido: não é isso que quero para ti. Vais ser uma moça honrada, bem preparada para o casamento — e raivosa com o mutismo da filha, com o olho dela despregado das paredes da cozinha, aumenta o tom da voz. — Ler e escrever nunca me fez falta. E quando precisei vender as terrinhas, foi este dedo que me valeu. O dedo, só, sem mais nada! — Estefânia chegou perto de gritar, e se cala de repente, como voz de orquestra emudecida com o corte do maestro. Espera alguma reação da filha, que não vem. Por fim, num tom baixo, entre bom conselho e advertência, ela diz: — E, depois, se começas, não paras mais.

Se começas, não paras mais — de tudo o que a mãe falou, só isso entrou na cabeça de Aurora. Mas queria dizer o quê?

Ela sabia o valor da luz, quando voltava de um ataque. As coisas em seu lugar, o dia sendo dia, a noite sendo noite, o canto do galo para anunciar a divisão entre um e outro, o momento em que a madrugada trazia de novo a claridade para o mundo. Dessas coisas naturais ela sabia, não sabia da letra. Não sabia também das obrigações de que a mãe falava, não entendia o que é que casamento estava fazendo na sua vida de menina.

Sabia, não sabia. Algumas coisas intui, como a memória pulsando em cada letra, gravando para o futuro o que se vive no presente. Essa intuição, um saber para além do saber, é que a deixa meio fora de si, desatenta, a pensar noite e dia na maneira de conseguir vencer todas essas proibições, todos esses limites.

Os dias ora se arrastam, ora são asas pousando no começo da noite, anunciando como foi breve o voo. Aurora já levantou todas as possibilidades, só não falou à mãe da ajuda que pode vir de Francisquinho, porque percebe que isso deve ser guardado como um segredo.

"Se começas, não paras mais" ferve na cabeça dela. E essa doença de Francisquinho, Aurora sem poder ver o amigo, limitada às notícias da empregada, nem dona Henriqueta mais vinha à porta. Longos dias, breves dias. Entre eles, os almoços na casa dos tios, as primas exibindo seus bordados feitos com a mestra inglesa, Maria Isabel dando voltas na língua para dizer senhora Déloei, os monogramas que as duas irmãs bordam circulando entre as apreciações unânimes das tias, os reparos da prima Elza.

O bordado: tantas linhas cruzadas. Como guardar na ponta dos dedos a forma da letra? — Aurora arde por perguntar às primas. Quando terminam, a letra em frente delas, obra delas, o que sentem? Sabendo todas as letras — sabem escrever?

— A gente marca na tela e borda — não, não tem diferença entre o A, o B, o Z e uma 🌿, um ▣, um 🐾 — Aurora se dá conta. As primas não sabem as letras que bordam, Amenaide não sabe também, o que chamam de monograma não passa de uma marca qualquer, um pedaço de um pedaço de fita a metro que podem comprar no armarinho e pregar no uniforme de escola para que as peças de roupa dos irmãos não sejam trocadas com as dos outros colegas na hora da aula de ginástica. Bordar é um caminho que não leva a escrever, constata, e vê que, afinal, não perdeu nada, ao perder as aulas da bordadeira inglesa.

Mas bordar exige habilidade, esmero, um talento peculiar. Talento que Aurora resolve desenvolver a seu favor: observar, fixar a imagem, acompanhar o caminho a agulha na tela.

O pai lê a folhinha todo dia, o jornal nos domingos, uma ou outra página de almanaque. Ela vai grudar nele com jeito, olhar para o que ele olha, olhar do mais perto que puder, observar, adivinhar o que o olho dele sabe na hora em que lê.

Mas o pai não permite a filha muito perto dele, isso o incomoda, e logo ordena, sai de junto de mim, menina.

Se Francisquinho não melhorasse por esses dias, dona Henriqueta vindo à porta e convidando Aurora para entrar, para ir ver o amigo no quarto, sentar na cadeira, lanchar com ele de novo, Aurora não saberia mais que fazer para suportar os dias.

Dona Henriqueta não deixa os dois sozinhos nem por um instante. Parece que o amigo é um bibelô, mais delicado e precioso que aqueles de tia Jacira, guardados na cristaleira perto da qual ninguém pode brincar. Nada de assunto de escrita, nada de tinta, de papel, com o amigo, por enquanto.

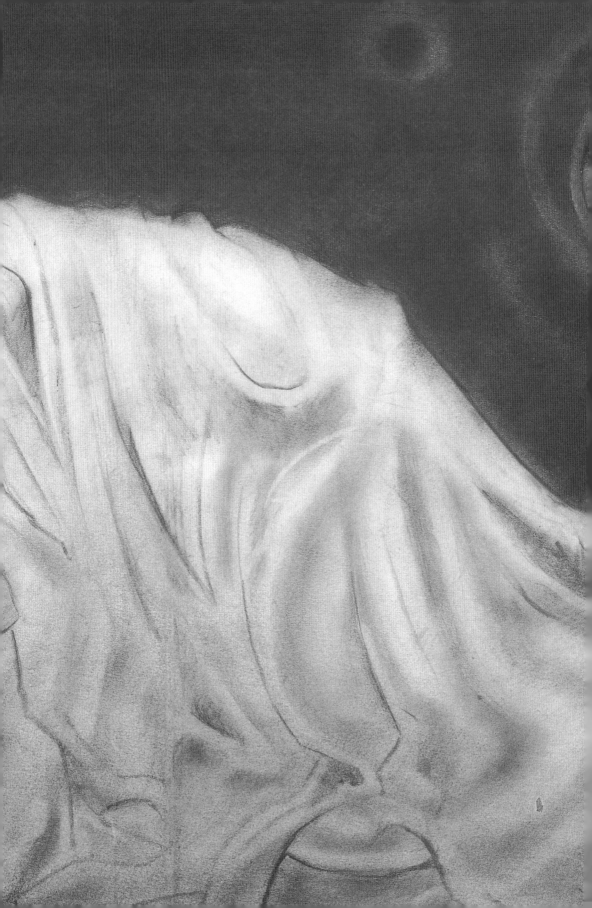

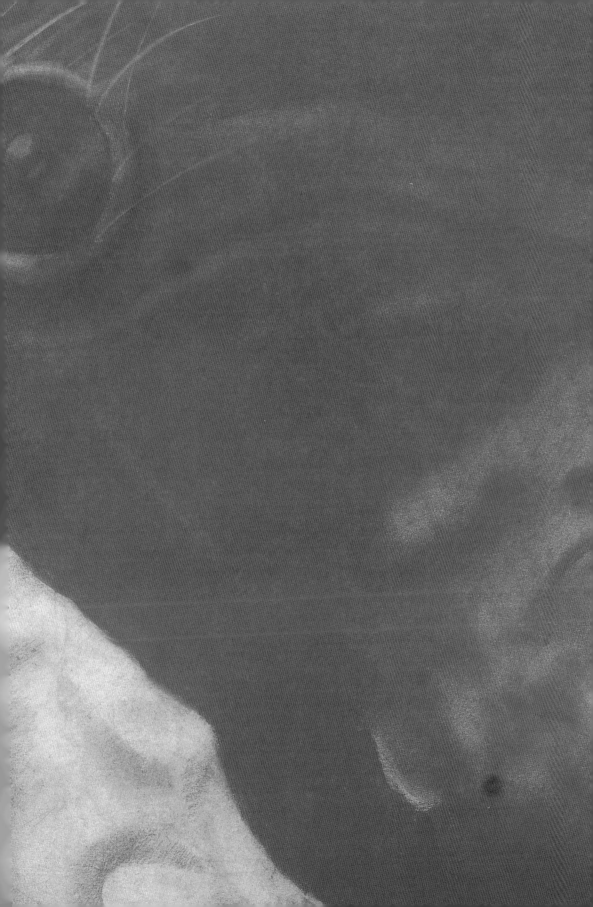

O tempo correndo, a convalescença foi longa. Os irmãos dizem que Francisquinho vai perder o ano, e Aurora, preocupada, pergunta a dona Henriqueta, na hora em que se despedem, no portão.

— Talvez, mas a saúde do meu filho é o que importa — ela responde. — Mas já estive na escola, combinei com o diretor, estou dando aulas a ele. Meu filho é inteligente, vai conseguir estar bem preparado para as provas.

Dona Henriqueta? Dona Henriqueta dá aulas? Uma lâmpada se acende:

— Se a senhora dá aula para ele, será que não podia dar para mim? Não podia me ensinar a ler e a escrever? Só isso, só isso — suplica.

Aurora não se controlou, falou como quem grita, de uma vez só. Henriqueta olhou para ela, muito espantada, e, com aquela voz seca que Aurora conheceu um dia, disse apenas:

— Não.

Aurora estava do lado de fora. O portão foi empurrado, a lingueta se encaixou macia na fechadura. Dona Henriqueta virou as costas, subiu os degraus da varanda e fechou a porta de entrada atrás dela, sem se virar uma única vez.

No caminho de volta para casa, estreito caminho, Aurora veio lembrando do *A* de avental, do B que Francisquinho mostrou, do A, do B, do Z, das outras letras que viu nos bordados das primas. Se soubesse o que era cinema, era isso que ela estava vendo por dentro dos próprios olhos. Já tinha ouvido a palavra, não conhecia o que era isso, uma experiência tida na conta de coisa extraordinária. No cinema interno de Aurora, essas letras ganhavam asas, levantavam voo, sumiam na tarde sem horizonte.

Henriqueta sabe o que é cinema. Duas vezes por mês, prepara-se com esmero e vai de braço dado com o marido à *soirée* dos cinemas elegantes, no Centro. Como todos os espectadores, volta para casa contaminada pelas imagens de sonho, imagens de um outro mundo, em que as pessoas são livres para viver suas aventuras maravilhosas. Por isso, sabe agora muito bem que é um filme conhecido que passa por dentro dos seus olhos, um filme sem aventuras, mas do qual ela é a protagonista.

Vai ao quarto de Francisquinho, verifica que está dormindo. Avisa à empregada que vai se deitar, não a incomodem. No quarto, com a porta fechada, senta na escrivaninha, pega folhas de um papel cor-de-rosa, destampa o tinteiro, mergulha a pena, começa a escrever:

Querida menina Aurora,

Não posso ensinar você a ler e a escrever. Não quero que seja outra infeliz como eu, como tantas, que enfrentam o duro cotidiano escolar, cumprem as tarefas, passam nos exames e descobrem, no meio mesmo dessa labuta, os prazeres que a leitura e a escrita trazem. Descobrem que existem outras possibilidades de viver, outros mundos e outras eras para conhecer, e que têm os instrumentos para isso.

A vida pode ser um filme, você pode estar na tela e vir para casa depois que o "the end" aparece, sabendo que a vida continua, as batalhas também, mas os desejos estão ali e falam de liberdade, de uma vida que se inventa, a cada dia. E, no entanto, depois de tanto esforço, você casa e tudo que aprendeu fica para trás, perdido entre fraldas, camisas e toalhas.

Quando conversamos outro dia sobre a história que tanto a interessou, queria ter falado disso: não agrada à nossa sociedade que as mulheres mostrem o próprio pensamento. Por isso, na tal história, em vez de dizer para todo mundo que o pai quer casar com ela, a princesa teve de se disfarçar debaixo da tal pele de asno e só trancada no quarto é que podia se mostrar como era de verdade.

Aprender a ler e a escrever, para quê, Aurora? Para padecer definhamentos e febres? Para ficar como eu, escondida debaixo de uma pele que não é a minha? Antes não conhecer o bem que depois de conhecido tanta falta vai fazer.

Com as letras que tive, talvez pudesse ter escrito algum livro, contado não sei que história secreta que formiga na ponta dos meus dedos, na beirada da minha alma. Talvez.

Também as mulheres fazem livros, embora sejam muito poucas as que conseguem. Escrevi trabalhos na escola, tinha jeito para escrever, diziam. Acabei abdicando de todo meu esforço de estudo, de todos os anseios que iam dentro de mim, porque, apaixonada e convencida de que a uma mulher só cabe cuidar da família, abandonei tudo aquilo com que de forma muito secreta sonhei. Fui fraca, é verdade. Continuo sendo fraca, uma saúde de papel. Nem sempre foi assim, mas o filho que tive também é fraco e, responsável por essa fraqueza, não posso acalentar mais nenhum sonho que não seja o de ter meu filho sadio.

Às vezes, depois de assistir a um filme, alguns sonhos vêm do cinema comigo. Acompanham-me até a porta de casa, despedem-se antes de entrar. Como os livros. Cada um deles é lembrança do futuro que não houve. De todas as letras que aprendi, fiquei com as letras dessas cartas que escrevo e guardo sem enviar.

Você não vai ter o que fazer com a escrita, Aurora. Por que, então, aprender a escrever? E por que aprender a ler, se não é para escrever? Se depender de mim, você não aprende sequer o A do próprio nome.

Afetuosamente,

Henriqueta

Dobra bem dobrada a folha de papel, põe dentro de um envelope, escreve do lado de fora: Para Aurora. Retira do fundo do armário uma caixa de madeira, com a tampa trabalhada. Põe a caixa em cima da escrivaninha, abre, coloca a carta dentro. Fecha a caixa, fecha o armário, puxa as cortinas e se deita. No teto do quarto, as sombras da tarde vão contando para ela a história das cartas não-enviadas, uma pilha delas, guardadas em várias caixas e escritas para amigas imaginárias e verdadeiras, personagens dos filmes a que assistiu ou dos livros que leu quando era moça, mulheres, todas, com quem gostaria de conversar, de quem gostaria de receber cartas se um dia tivesse a coragem de enviá-las.

Aurora é amiguinha de seu filho. É uma menina boa, trabalhadeira. Não merece sofrer. Henriqueta acredita que fez o que devia fazer.

Pena de ganso

O NÃO QUE RECEBEU DE DONA HENRIQUETA fez Aurora se decidir por um cerco maior a Francisquinho, que, terminado o período de convalescença, merendava de novo com a amiga, em conversas animadas.

— Não posso esperar mais. Já tentei de tudo. Quero porque quero aprender a ler e a escrever. Ontem, eu me lembrei de uma coisa importante demais, não sei como é que tinha me esquecido. Você sabia que antes das penas de metal se usavam as penas de ganso para escrever? Foi o Augusto que me contou.

Francisquinho fica espantado, Augusto é mais velho que ele, cursa o complementar. Sabe mais, é lógico. Mas como era isso, pena de ganso para escrever?

— Era, ora. Então, vamos experimentar, não vamos? Um pouquinho de tinta, um pouquinho de papel, você disse que podia.

— E onde é que você arruma pena de ganso? Tem na sua casa?

Um balde de água fria em cima de Aurora. Tão entusiasmada:

— Tem de galinha. Deve ser igual.

— Será? — Francisquinho pergunta.

— Só tem um jeito. A próxima vez que eu vier vou trazer uma. Você prepara o tinteiro e o papel — Aurora ordenou, decidida.

Em geral, dona Henriqueta fazia três encomendas por semana. Ovos na segunda-feira, frango na quarta, galinha no domingo, cedinho. Vez por outra, pedia mais ovos na sexta. Aurora passou a semana pensando em pena de galinha, pena, pena. Por que tanta pena? Pena de galinha, pena de alguém que sofre, pena de escrever.

Queria perguntar a Augusto se ele sabia sobre a pena de galinha para escrever. Perguntou, ele achou que ela era uma boba. Pena de galinha é comum, ninguém ia usar uma coisa comum assim para escrever, ele resolveu.

— Ninguém ia usar porque não serve — Aurora descobriu, inconformada. Inconformada também porque não aceitava a proposta de Francisquinho: primeiro ela aprendia a ler, depois a escrever. Era mais fácil, não precisava de material, não dava na vista.

— Não: eu quero tudo. Vou arrumar a pena de ganso, você vai ver.

Mas falar para o amigo era uma coisa, arrumar de verdade era outra. Não sabia de ninguém que tivesse gansos. Conversou com a mãe que disse que Jacira tinha criado gansos, uma vez, há muito tempo. Para tomarem conta da casa, eram muito melhores que cachorros. E os ovos eram grandes, as gemas enormes. — Por que não criamos gansos, mamãe? Se os ovos são bem maiores, as pessoas vão gostar.

— Mas a carne, as pessoas não têm costume — Estefânia respondeu.

— Vendemos só os ovos e — calou-se, antes de dizer que se usavam também os gansos como guardiões da casa. Era desfazer do Moleque.

— Ora, que me sais uma boa negociante. Mas não sei se vamos poder fazer isso. São caros os gansos, e precisamos, pelo menos, de um casal.

E eu devo precisar de muitas penas, Aurora pensou. Elas devem se gastar, eu acho. Insistiu com a mãe, era uma boa ideia, estava certa. Estefânia não prometeu nada. Ia ver, ia ver.

Aurora tinha pressa. Pensou, se o pai quisesse casar com ela, era uma pena de ganso que ela ia pedir a ele. Mas, quando a fada-madrinha está do lado da gente, tudo anda como carregado por um golpe de vento bom. No dia seguinte, Estefânia chegou em casa com um casal de gansos. Tinham sido oferecidos pelo fornecedor de milho a um preço bem razoável. Se não fosse a conversa do dia anterior com Aurora, ela nem pensaria em aceitar o negócio.

Os gansos eram bravos, Osvaldo ia ter que fazer um puxado pra eles do lado do galinheiro. "Que pena, bem que esse ganso podia acabar com a banca do Estêvão, que vive se imaginando rei do galinheiro e do quintal", Aurora pensou. Batizou os novos habitantes do pequeno comércio doméstico e experimentou ela mesma a brabeza de Ferdinando, quando tentou arrancar uma pena do rabo dele.

— Não ia fazer falta, seu ganso burro.

Quem sabe, então, Esmeralda? Reação igual, a mão de Aurora vermelha, doída. Era melhor tentar um outro dia, estaria mais familiarizada com eles.

Enquanto esperava a hora de pegar a pena — a sua pena — para começar a aprender a escrever, Aurora sonhava. Sonhava que escrevia, sonhava que tirava um retrato, sonhava que lia um livro inteirinho.

Sonhava que contava para os outros as histórias que lia, como Isolina. Sonhava que dona Henriqueta dizia a ela: mas é claro que posso tirar uma dúvida sua, Aurora. Sonhava, sonhava. E esmerava-se no carinho com Ferdinando e Esmeralda. Até que conseguiu uma pena de cada um, sem nenhuma bicada — o carinho contou, é lógico, mas ajudou um bocado aprender a se esquivar das investidas dos dois.

Naquela sexta-feira, chega vitoriosa à casa de Francisquinho. Ficam sozinhos para a merenda, ela mostra a ele as penas, ele pega o papel e o tinteiro. Francisquinho mostra a Aurora a letra A, ensina como fazer. Ela mergulha a pena no tinteiro, escreve e o que sai é um borrão sem nenhuma definição.

Decepção, tristeza, o que está acontecendo?

Vão levar algum tempo para saber, pergunta por aqui, pergunta por ali, Francisquinho fala com a professora, Aurora pergunta a Augusto com toda habilidade, e descobrem que é preciso apontar a pena de ganso.

A pena apontada, Aurora consegue, por fim, fazer seu primeiro A, a minúsculo, A maiúsculo. A alegria é uma cor na menina do olho, o mundo começa no A.

Mas que trabalho apontar toda hora, é preciso muita perícia, Francisquinho não tem paciência, dona Henriqueta pode entrar na sala de jantar de uma hora para outra. Aurora tenta tranquilizar o amigo, sua mãe está na cozinha, ela gosta de temperar o frango para o jantar. E aprende a apontar, ela mesma, sua pena de ganso.

Já avançam pelo C, CÊ com A = CA, logo, logo vão estar no G, GUÊ. Guê com A = GA.

A merenda costuma demorar um bom tempo, meia hora, às vezes mais. Estefânia não cobra da filha maior rapidez: a menina é tão trabalhadeira, merendar com Francisquinho é seu tempo de brincar. E Henriqueta, será possível que não perceba o que está acontecendo? Não chega até ela nenhum fiapo daquelas lições segredadas, JÊ com A = JA?

Antes de chegar ao LÊ com A = LA, Francisquinho diz a Aurora que não podem continuar. A empregada anda fazendo intriga dos dois, qualquer horinha dessas dona Henriqueta descobre tudo, acaba com a história da merenda juntos, das lições do alfabeto.

Aurora fica descontrolada, não é possível, não é possível, é impressão sua, você está enganado, por favor, não pare agora. — Não paro se — se? — se você trouxer para eu ver um livro do seu irmão.

— Que livro? — pergunta Aurora, sem entender.

— Um livro de Ciências, esses que têm o desenho do corpo humano.

— Não sei, não sei, eu nunca vejo os livros de Augusto e de Péricles.

— Mas eles têm. Estão no complementar. Os livros de Ciências mostram como é o corpo, por dentro — e ela descobre no amigo um visgo igual ao da clara do ovo, um visgo que ela nunca percebeu estar lá.

— Não é nada demais — Francisquinho se apressa em explicar, a amiga está assustada. — Eu quero ver como é que o sangue corre no corpo da gente, o que acontece quando a gente tem febre, como é que o coração bate.

Falando baixinho, seduzindo, insinuando, ameaçando; insinuando, seduzindo, ameaçando, ele consegue que Aurora concorde em trazer um dos livros pedidos, descritos com cuidado, para que ela não se engane. Os irmãos não usam aqueles livros todos os dias, é só ela pegar emprestado, trazer. Enquanto ela faz o exercício de escrita, ele folheia rápido as páginas.

Ela tem medo e está acuada. Da primeira vez que volta lá, esquece de levar o livro. Francisquinho merenda em cinco minutos, não quer mais nada, começou a passar mal, vai se deitar. Chama pela mãe, que vem logo e despede Aurora, a empregada vai com ela até o portão.

Da segunda vez, ele fica mudo, numa merenda interminável, Aurora sentindo escorrer pelos dedos as letras que não conhece ainda. Da terceira vez, ela mostrou a ele o livro que conseguiu. Ele abre rápido, diz a ela, feliz, é esse mesmo.

Passou rapidinho pra ela o LÊ com A = LA, LÊ com E = LE, LÊ com I = LI, LÊ com O = LO, LÊ com U = LU, enquanto olhava demorado o livro. Que medo!, agora sim, que medo! Se dona Henriqueta aparece aqui, vai dizer o quê? Antes, não faziam nada demais, mas agora, o livro de Augusto, que ela pegou escondido, tirou de dentro de casa, está ali, nas mãos do amigo, umas imagens estranhas, escuras, perdidas entre o azul e o vermelho. O que é aquilo?

Foi um custo para tirar o livro dele, na hora de ir embora. A ideia de que avançar no alfabeto está ligada a um furto vai consumindo Aurora, até chegarem, algum tempo depois, no P e o amigo fazer a exigência do livro do Péricles, que era mais adiantado.

Aurora anda nervosa, e Estefânia logo nota isso. Na cabeça, uma rede de malhas estreitas, Aurora não presta atenção ao que faz, anda quebrando ovos, trocando encomendas, deixando o Estêvão fugir. A situação dela é a mesma de Pele de Asno: precisa recusar o que Francisquinho pede, mas fazer isso é perder as suas letras — e diz isso para si própria como quem dissesse: a sua alma. Aurora tem as letras que vai aprendendo na conta de uma propriedade, um objeto que pode carregar com ela pra qualquer lugar aonde vá.

Precisa recusar, da mesma forma, o que a família quer para ela, e como fazer isso sem contradizer a todos, sem gritar e exigir seu direito — como os irmãos — de aprender a ler e a escrever? Como, como, como? Numa tarde de quarta-feira, escondido com jeito debaixo da blusa larga de Aurora, o livro de Péricles segue para a casa de Francisquinho.

A lição do PÊ com A = PA; PÊ com E = PE; PÊ com I = PI, PÊ com O = PO; PÊ com U = PU é rápida, mas em compensação tem uma coisa nova: PE + NA = PENA. E, ao fim, Francisquinho não devolve o livro: não conseguiu ver tudo, quer ficar mais tempo com ele, devolve na sexta.

Aurora se descontrola, quer tirar o livro da mão dele, começam os dois a disputá-lo, esbarram na mesa, cai uma caneca no chão, o barulho traz dona Henriqueta correndo lá de dentro, não foi nada, mamãe, Aurora deixou a caneca cair sem querer.

— Bom, ninguém se cortou? Não há problema. Você já está de saída, minha filha?

— Não, eu ia, ia ficar mais um pouco.

— É melhor você ir, Aurora. Estou começando a ficar com dor de cabeça.

Aurora corre os olhos pela mesa, onde é que Francisquinho enfiou o livro? Péricles vai dar falta do livro, e aí? Como é que o amigo pode fazer isso com ela? Lança um olhar desesperado para ele, que já está dizendo, até sexta, Aurora. Sexta você vem, não vem, mamãe? Gosto tanto das gemadas que a senhora faz com os ovos que dona Estefânia vende.

Dona Henriqueta alegra-se, está vendo, Aurora, como seu amigo está se alimentando bem? Pode dizer à sua mãe que quero mais meia dúzia para sexta-feira — dos vermelhos, hein?

O ponto preto no olho não pode avançar, não pode avançar. Precisa chegar em casa, precisa chegar em casa. Chega e Estefânia vê logo que a filha não está bem. Um ataque, Jesus!, mais um.

Mas Aurora não tem o ataque. Está mole, e o coração bate muito acelerado. A mãe a coloca na cama, vai preparar o chá de camomila com cidreira. O jantar fica parado no fogão até que o coração de Aurora volte a bater como deve ser. Recusa ficar na cama, vai ajudar a mãe. Está melhor, já passou, garante.

Onde guardou a angústia da cara? Onde colocou os olhos quando Péricles pediu o pão a ela na mesa do jantar? Onde encontrou a voz para responder ao pai sobre o mal-estar da tarde? Não sabia. Parecia que dormia, que não estava ali, por mais força que fizesse contra isso. A que horas a tempestade ia desabar sobre a casa? — era o que se perguntava, todo o tempo.

O pai ainda palitava os dentes, e Péricles gritava com Augusto, bufava, fazia barulhos de arrumação, coisa empurrada pra cá e pra lá, porta aberta, porta fechada, gaveta rangendo. Nada com Péricles era silencioso, equilibrado. O mundo inteiro tinha que saber que ele não estava achando seu livro de Ciências.

Como conseguiu lavar a louça sem quebrar um só copo? Como conseguiu botar comida, trocar a água do Moleque sem derrubar nada pelo caminho? Como conseguiu pedir licença ao pai para tirar a toalha da mesa, no momento em que Péricles chega na porta, pergunta, foi você, Aurora, que sumiu com meu livro de Ciências?

— Mas que estúpido tu me sais, meu rapaz. Não sabes onde guardas as coisas e é tua irmã que tem que dar conta? Não sei onde estou com a cabeça que não te dou um bom cachação.

Osvaldo não era um pai violento. Péricles dava nos nervos, é o fato. Resmungando, eu tenho certeza de que botei no lugar, ele volta para o quarto e a casa se prepara para nova sessão de abre, fecha gaveta, fecha, abre porta, arrasta cadeira, tira coisa de um lado para outro, fazendo dessa transferência um ato de que até as galinhas precisam tomar conhecimento.

Exausto, pede ao pai para fazer um bilhete para o professor.

— Dizendo o quê?

— Que — que — que emprestei o livro a um colega pobre, que ficou doente.

— E o professor não vai perguntar quem é esse colega?

— Não, acho que não. A turma é grande, ele não conhece todo mundo.

— Olha lá, rapaz, não posso escrever uma mentira. Vou dizer a verdade: você perdeu o livro, deve ter esquecido na escola, e vai procurá-lo amanhã muito bem, senão vai levar uma surra, porque sabe bem o sacrifício que fazemos para te comprar o material, tua mãe e tua irmã trabalhando para isso.

— Não foi culpa minha, eu garanto. O livro estava lá, no lugar de sempre, e de repente sumiu.

— Sumiu como? Entrou um ladrão aqui e ninguém viu?

O Moleque não ia deixar isso acontecer, Augusto pensa em dizer alguma coisa gozada para que aquela situação se resolva logo. O pai está certo, Péricles esqueceu o livro na escola. O pai vai rir com a frase dele, a noite termina em paz, precisa acabar os deveres.

— O Moleque não ia deixar isso acontecer. Nem ele, nem Ferdinando e Esmeralda — Aurora parece que leu o pensamento do irmão.

Osvaldo sorri, faz um carinho na cabeça do Moleque, que ouviu o nome e veio logo se colocar na linha de afago. O serão acontece tranquilo. Às nove, as crianças vão se deitar e têm que ouvir os últimos resmungos de Péricles: — Não perdi nada, estava aqui, estava aqui.

A cara voltada para a parede, as lágrimas escorrem, molham o rosto de Aurora, o travesseiro. Os irmãos não escutam sequer um suspiro; ficariam muito espantados se entrassem no pensamento dela, barulhento de lutas, planos, medos e os gritos com a surra terrível que espera por ela, assim que for descoberto que Péricles está certo, que o livro sumiu dentro de casa.

A noite seguinte, o assunto do livro perdido é esquecido, porque as notícias da queda da Bolsa de Nova York — em que isso os afeta, onde fica Nova York, o que é isso de Bolsa? — ocupam Osvaldo, todo olhares para o jornal que comprou, embora não fosse domingo. Quem vai se aproximar do pai para dizer qualquer coisa, para dizer que ninguém achou livro nenhum na escola, vai ver alguém roubou e aí não vai dizer que achou?

Péricles atormenta os irmãos na hora de dormir, resmungando que vai dizer o quê para o professor? Ainda bem que só tem aula de Ciências de novo na segunda-feira. — Então se é só na segunda-feira, por que é que você está perturbando agora? — Porque tem de resolver, ora. — Resolve depois — Augusto corta, prático, o assunto, mas não sem antes dizer: — Vai ver que o seu livro está dentro da Bolsa de Nova York.

Escapou por pouco de um soco, que acabou sobrando de raspão para Aurora, que foi se meter entre os irmãos para evitar a briga, não precisam chamar a atenção do pai. Amanhã é sexta-feira, ela pensa com alívio, leva os ovos para dona Henriqueta, Francisquinho prometeu devolver o livro.

Ele devolveu, mas avisou que vai querer ver de novo, que ela traga num outro dia, não viu direito o aparelho urinário. Aurora explica a ele, baixinho, que não pode, fala da confusão que foi, Péricles reclamando pela casa, dizendo que o livro sumiu ali, e que se não fosse a tal da Bolsa de Nova York — ela não entende nada, mas era nisso que o pai prestava atenção no jornal, se não fosse a tal Bolsa, Augusto fez até uma piada, ela não sabia o que podia acontecer quando o irmão dissesse que ninguém achou livro nenhum, claro que não podia achar, o livro não se perdeu na escola, o livro estava na casa de dona Henriqueta, mas só quem sabia disso eram eles dois.

— Aurora, você precisa acabar de aprender o alfabeto e depois juntar as sílabas. E ainda tem coisa difícil à beça, o EME antes de PÊ e de BÊ, o CÊ cedilha, o XIS e o CÊ AGÁ, um monte, mas um monte de coisas para você aprender.

Ela não podia acreditar. O amigo dela, o menino bom que a estava ajudando, como é que ele pode fazer isso? E nem tem uma fada-madrinha para se aconselhar. Conta apenas com ela mesma. Protesta, ele precisa pensar no risco que ela está correndo.

— Não posso trazer os livros dos meus irmãos para você, assim, o tempo todo. Trouxe porque era só uma vez.

— Mas é só mais uma vez. Não fica zangada, Aurora. Quando crescer, eu quero ser médico e preciso ir aprendendo como funciona o corpo da gente.

— Você está na escola. Vai aprender, quando chegar a hora.

— Quero ir adiantando.

— Isso é uma maldade comigo.

— Você é que sabe. Se não quer mais aprender a ler e a escrever, não precisa mais trazer livro nenhum. Aliás, não precisa mais nem trazer os ovos. Estou cheio dessas gemadas, cheio de frango e de galinha. Vou dizer isso para a minha mãe.

A conversa foi quase sussurrada, como eram todas as conversas deles. As palavras saíam entre goles de café com leite e pedaços de bolo colocados na boca. Aurora não conseguiu comer nada e dessa vez foi ela quem disse a dona Henriqueta que estava ficando com dor de cabeça. Mas disse a Francisquinho, com voz firme:
— Até segunda.

Era uma ordem que ela dava a ele. Em voz baixa, ele respondeu: — Até segunda, Aurora.

Aurora ajudava a mãe na arrumação da casa quando encontrou o livro de Péricles:

— Tanto barulho, mamãe, e olha só onde estava o livro do Péricles. Deve ser esse, não?

— Não sei — Estefânia falou. — Onde estava?

— Bem espremidinho, entre a cama e a parede.

— Como é que ele foi parar aí?

— Não sei, deve ter escorregado da pasta, na hora em que ele foi arrumar o material.

Estefânia achou meio estranho, mas o importante é que apareceu, estava preocupada que tivéssemos que comprar outro — disse.

Péricles não acredita, não acredita de jeito nenhum. Procurou tudo, arrastou a cama, o livro não estava lá. Aurora não pode tê-lo encontrado ali.

— Você não acha que fui eu que coloquei, não é?

É demais, ele reconhece. Pode protestar o quanto quiser, mas não pode acusar a irmã de ter escondido o livro dele.

— Você é um preguiçoso, nunca procura nada direito — fala Osvaldo, quando chega para almoçar.

Aurora está perto de sentir remorso, mas Péricles não dá tempo a ela de experimentar a sensação, porque se não pode acusá-la de ter escondido o livro, pode dizer que ela é uma porcalhona, que o copo em que ele está bebendo água está mal lavado. Estefânia interfere, não admite que ele fale assim com a menina que vive a ajudá-la.

— Não se preocupe, mãe. Péricles deve estar muito agradecido porque eu achei o livro dele — e, por trás dos pais, ela deu uma careta bem dada pra ele.

Intimidado também com essa nova face que encontra em Aurora, Francisquinho parece esquecer a história do livro, continua a dar aulas para ela, embora num ritmo bastante lento, as merendas sendo muito, muito curtas. Ela percebe a falta de entusiasmo dele, percebe que já não explica nada direito. E então? Está sendo um sofrimento, o que antes era só prazer e — ainda assim — não pode viver sem esse sofrimento que oferece, por outro lado, a melhor coisa da vida dela.

Resolve conversar com o amigo, ele precisa entender, não pode pegar de novo o livro de Péricles, a confusão naquele dia foi terrível e agora o pai anda nervoso com essa tal Bolsa em que ele vive falando, a mercadoria que não vende, como é que eles vão viver? — o pai pergunta todo dia.

— Meu pai também anda nervoso — Francisquinho falou e encerrou a conversa por aí.

No papel, o VÊ + A = VA começou a ocupar Aurora. Difícil o V para a mão dela, gosta mais do P, do Q — não, não gosta muito do Q. Cisma de fazer um laço na perna embaixo da bola, como é difícil.

Consegue fazer toda a família do v. A letra está horrorosa, reconhece. Não faz mal. Depois vai ter um tempo para caprichar na escrita. Ao fim da merenda, Francisquinho diz a ela que se não trouxer o livro ao menos uma vez mais, vai dizer à mãe que não deixe mais ela entrar.

Uma tortura — Aurora usaria essa palavra, se a conhecesse. Uma tortura que não vai longe. No dia em que Aurora descobre O + VO = OVO, I + VO = Ivo, VO + VÔ = VOVÔ, ele pergunta, você traz na próxima vez?

Aurora sucumbe, leva o livro. Como prêmio, Ivo viu a mala. Mas, de repente, Francisquinho levantou-se, gritando pela mãe que estava passando mal e carregando o livro com ele para dentro do quarto. Dona Henriqueta entrou na sala, encontrou Aurora de boca aberta, a cara pateta. Ela teve tempo apenas de guardar no bolso do avental a pena de ganso e o pedaço de papel com sua primeira frase.

Não sabe explicar o que aconteceu com o amigo.

— Ele levantou de repente, acho que teve vontade de vomitar — disse. — Eu já vou embora, dona Henriqueta — e dona Henriqueta nem ouviu, sumida dentro do corredor.

Volta para casa convencida de que a aventura está no fim. Não tem mais forças para aprender escondido, ir ao banheiro com os papéis escritos na mão, procurando — enquanto se desobriga — memorizar CÊ + A = CA; CÊ + E = CE; CÊ + I = CI; CÊ + O = CO; CÊ + U = CU. CE, CI, CO?

Não entendia. Não lembrava do que Francisquinho tinha ensinado a ela. Estava cansada disso, cansada de fazer o que não devia, de novo o livro de Péricles sumido, agora ninguém iria achar que era ele o descuidado e preguiçoso que não sabia procurar as coisas direito, iam pensar no ladrão que rouba as coisas dentro de casa sem que Moleque e os gansos deem o sinal. Não dão o sinal porque o ladrão é alguém conhecido, é gente da casa. É um ladrão que depois vai devolver, mas que pegou o que não lhe pertencia.

Aurora passa a noite em claro. Dona Henriqueta não quer frango antes de quarta-feira, Péricles tem aula de Ciências na segunda, amanhã é domingo, pé de cachimbo.

Nos domingos, o Moleque fica todo excitado porque sabe que vai passear com Osvaldo. Desde o café da manhã que não sossega: da sala para a porta, da porta para a sala, de repente corre até o quintal, dá uma volta completa em torno da casa, entra na sala de novo, deita, ofegante, aos pés do dono, a coleira na boca, arrastada por todo o canto.

— Já vai, Moleque, já vai. Primeiro a missa, você sabe.

Moleque sabe, eles é que levaram um tempão para saber que ele sabia. Sabia que era domingo, dia em que Osvaldo não ia trabalhar, ia à missa e depois saía com ele, num longo passeio até a praça. A primeira vez em que Moleque abocanhou a coleira do prego em que ficava, na parede do puxado do tanque, e levou para Osvaldo, abanando o rabo e correndo até o portão, ninguém entendeu nada. Teve início uma longa observação. Como é que Moleque sabia que era domingo?

Foi Augusto quem descobriu. — O terno, pai, é o terno que o senhor veste para ir à missa. O terno e o sapato que o senhor põe logo cedo.

E não é que era mesmo? Fizeram vários testes: domingo cedo, Osvaldo colocando os tamancos e o macacão de trabalhar, Moleque fazendo as festas habituais, indo para o quintal, fuçar o galinheiro, provocar o Estêvão. Dia de semana, Osvaldo vestindo terno, Moleque alucinado no exercício dominical. Êta, bicho mais inteligente.

Mas este domingo, ele está impossível: latindo lá fora, cedinho, ninguém levantou direito ainda, Osvaldo só teve tempo de abrir a porta da cozinha, fazer festa no cachorro, se espreguiçar, olhar o tempo, voltar pra dentro pra se lavar e se arrumar para o café e a missa. Estefânia começa a acender o fogo, colocar a água para ferver, ainda com a camisa de dormir. Ouvem, então, as palmas no portão. Palmas fortes.

É seu Francisco. O que será que ele quer a estas horas da manhã? Será que aconteceu alguma coisa com o menino, com dona Henriqueta? Osvaldo vai ver, o outro pede para entrar, tem um assunto sério para falar com ele, só não veio antes porque era tarde da noite.

Sentado na cadeira de corda da varanda, Francisco mostra a Osvaldo o livro de Ciências de Péricles. Pergunta se ele tem ideia de onde ele foi encontrado. — Não, de jeito nenhum, não estou entendendo, este livro já sumiu outro dia, depois apareceu, o menino é um descuidado, mas devia estar aqui agora, porque não me disse que tinha perdido de novo — as palavras vão saindo da boca de Osvaldo como água em torneira aberta.

— Pois então eu vou lhe dizer onde é que este livro estava, eu vou lhe dizer que este livro estava na minha casa, e o senhor sabe por que é que ele estava lá? — Francisco gesticula, exaltado.

Com toda aquela balbúrdia, Moleque excitado, as palmas no portão, movimento de abre porta, abre portão, fecha portão, a voz exaltada de seu Francisco — que ninguém reconheceu de imeditato —, a casa foi acordando. Estefânia corre a trocar de roupa, os rapazes vêm espiar, remelentos. Só Aurora se encolhe na cama, implora a Deus por um ataque, por todos os ataques, pela morte.

Seu Francisco conta, indignado, como descobriu uma série de desenhos estranhos debaixo do colchão do filho. Uma coisa à toa: a mulher pediu a ele que visse o pé da cama, meio bambo, e no que precisa tirar o colchão para trabalhar direito lá estavam os desenhos, muito estranhos para um menino de dez anos: todo o aparelho urinário e o aparelho reprodutor, feminino e masculino. Um menino de dez anos! Interrogado, o Francisquinho tentou mentir, esconder a origem dos modelos, mas uma busca bem feita no quarto dele revelou o livro de Ciências do Péricles. E quem levou o livro não foi o próprio Péricles, o que era até de se entender, mas Aurora, uma menina, uma menina aparentemente tão angelical. Então, o que havia? Que educação era essa que o vizinho dava à sua menina?

Seja o que for que estiver acontecendo, Osvaldo não vai permitir que venham dizer para ele, em sua própria casa, como educar os filhos. Se levanta da cadeira, dando ao vizinho o sinal para fazer o mesmo:

— Muito bem, já ouvi o senhor. Me dê o livro do meu filho, por favor. Vou saber com Aurora o que se passou e, se merecer castigo, ela vai ser castigada, tenha certeza.

Osvaldo era um homem simples, vindo da pobreza, e com um espírito empreendedor. Os excessos não cabem na vida dele, a falta de respeito aos outros também não. Que o vizinho venha dizer que aconteceu um fato estranho entre as crianças, está certo. Que ele se ache no direito de avaliar o procedimento de um pai honesto em relação a seus filhos, não.

Despede Francisco com o desejo de um bom-dia e o convite para outras visitas, o vizinho que até então nunca tinha entrado na casa com as paisagens da aldeia portuguesa pintadas nos muros da varanda.

Osvaldo diz à mulher que continue a providenciar o café, vão conversar depois. Aurora está ao lado da mãe, muda, cabeça enterrada entre os ombros. A família toma o café num silêncio de doença. Osvaldo determina que, assim que a mesa for retirada, a filha vá para a sala, junto com a mãe.

Como todos os filhos, Aurora tem medo do pai. Mas sabe que é um homem bom, que não bate nos filhos, nem os chama por nomes pesados, como, às vezes, ela vê os tios fazerem com os primos. Diz toda a verdade a ele, quando interrogada sobre o livro do irmão na casa de Francisquinho. O pai pede para ver os escritos, a pena de ganso. Ela se levanta, vai ao quintal, ao galinheiro, e traz de lá um saco de armazém com as penas de ganso, o coto de faca com que afia as penas e os papéis com seus exercícios.

Osvaldo olha tudo aquilo e, impiedoso como ela nunca pensava que pudesse ser, quebra as penas, uma a uma, rasga em pedacinhos os escritos dela.

— De hoje em diante, Estefânia, você procura uma molecota para fazer as entregas. Aurora só sai de casa com a família para a missa e as visitas — e, batendo as mãos nos joelhos, encerra a conversa, levantando-se da cadeira.

Moleque recebeu como um presente inesperado — e isso terá desorganizado as ideias do seu mundo — a vista da coleira, o assobio que o chamava para o passeio. Osvaldo não estava de terno, nem calçava sapatos, e sair à rua em pleno domingo como se fosse trabalhar desorganizava muito também do seu próprio mundo.

Sentada na cama, apatetada, os fios de lágrimas escorrendo para o vestido, Aurora vê a cara de Péricles na janela, do lado de fora. Não se vangloria, não diz bem feito, eu sabia que era você que tinha sumido com meu livro, mas: — Eu até que te ajudava, Aurora, mas sabia que papai e mamãe não iam gostar e então — é o que ele diz, e ela fica grata a ele por esse inesperado fiapo de solidariedade, completamente ineficaz e cálido, de toda maneira.

Na casa de Francisquinho, a crise não se resolve de forma tão econômica. Havia começado, como Francisco dissera, na noite anterior, por volta das dez da noite, uma noite de horror. Descobertos os desenhos, um interrogatório torturante teve início. Francisquinho resistiu até onde pôde, até que mencionou o livro, de forma inadvertida. Chocada com a história que o filho conta, enraivecida com o que considera como

traição de Aurora, estupefata pela ousadia da menina, acreditando que seu filho fez o que fez seduzido pela menina, Henriqueta gostaria ela mesma de dar uns tabefes violentos em Aurora. Levantando-se da cadeira, andando pelo quarto do filho, nervosa e esfregando as mãos, ela diz isso, tão contrário ao que pensa. — Umas bofetadas nela com essas mãos — repete. Se vê no espelho da porta do armário, para, assustada. Não é ela que está refletida ali: é alguém que mete medo nela. Firma o olhar, encara essa desconhecida que não deixa de ter algo de familiar. Não consegue sustentar o olhar, corajoso e inquieto, da outra. Procura a cadeira, senta de novo. Fica calada, o rosto transtornado, enquanto o marido grita com o menino, grita contra Aurora, grita contra a mulher, que faz o quê que não vê isso acontecer dentro da própria casa? — Não foi na escola, não foi na escola que ele foi aprender imoralidades, mas dentro da própria casa, do lar sacrossanto — ele acusa.

O olhar corajoso da mulher no espelho mexe demais com Henriqueta, que parece ausente do que se passa, mas dá um salto quando ouve a palavra imoralidades. O rosto cansado e desperto para a luta, ela se põe de pé e grita, o dedo na cara do marido:

— Imoralidades? Imoralidades, você diz? De que imoralidade você está falando? Uma menina ter de ser obrigada a trazer escondido o livro do irmão como penhor para que possa continuar com suas lições clandestinas de leitura e escrita? Como se fosse um crime! E o seu filho, pelo lado dele, não ter outra forma de acesso a um livro para ver o que interessa a ele que não seja também clandestina?

Francisco arregala os olhos, dá dois passos para trás. Mas o que é isso que lhe acontece na sua casa, o refúgio de um homem? Isso jamais teria acontecido a seu pai, nem a seu avô. Também nenhum deles casou com mulher que soubesse usar os pronomes de forma correta — ele pensa. Mulher que tem estudo é como vento levantando areia no deserto — talvez pense também, atingido por uma poeira forte e antiga, que entra nos olhos dele e incomoda bastante. Desconhece a mulher, que continua, enfurecida, a dizer coisas:

— Se eu tivesse ajudado essa menina quando ela me pediu, isso tudo seria evitado. Meu filho não se mostraria um oportunista, valendo-se da fraqueza alheia para obter o que quer. Mas falou mais alto dentro de mim tudo o que me foi tirado, e eu virei as costas a ela, fechei a porta. E depois fui omissa, fraca como sempre sou. Fingi que não escutava o FÊ + A = FA, fingi que não percebia de que eram feitos os silêncios entre os dois, fingi que — fingi que — só tenho fingido — Henriqueta senta, os ombros bem levantados, as mãos no colo, mas como está cansada!

Francisco está perplexo, sem entender o que se passa na cabeça da mulher. Não entende direito o que fala, então ela sabia?

— Sabia, claro que sabia. Dentro da sua lógica, sou tão culpada quanto eles.

— Não admito, não admito que você me fale dessa forma.

— De que forma? Só estou respondendo a uma pergunta que você me fez e admitindo, para mim mesma, o quanto fui omissa, egoísta, estúpida.

— Pare, Henriqueta! Uma mãe não pode falar assim na frente do seu filho.

— Na frente de quem uma mulher pode falar a verdade que a atormenta?

— Dê-se ao respeito, estou ordenando.

— Mas é isso que estou fazendo: me dando ao respeito. Me dando ao respeito e descobrindo que posso fazer algumas outras coisas, além de cuidar da casa e velar pela saúde do meu filho. Aliás, estou começando a perceber de onde vem a falta de saúde do meu filho.

Francisco fica pasmo, senta na beira da cama do filho, gesticula: onde é que nós estamos? onde é que nós estamos? Fica parado, o olhar fixo no mesmo espelho em que a mulher se viu, há pouco. Vê passar uma cena antiga, uma festa de noivado, a falta de noivado deles, um mal-estar quando Henriqueta pede desculpas ao pai pelo dinheiro que gastou na educação dela, pede desculpas à mãe pelas horas do serão gastas com a ajuda aos trabalhos impecáveis que ela apresentava no liceu — em resposta ao que ele havia dito sobre o lugar da mulher: "No lar, naturalmente". Um silêncio embaraçoso, a madrinha resolvendo, bom, nada de pedir desculpas, era o dever deles, minha querida, preparar-te para a vida e na vida de uma moça de seu nível o casamento é a primeira obrigação.

O que Henriqueta disse em seguida foi abafado por uma taça de cristal que a mãe dela, nervosa, deixou cair. Depois da intervenção do garçom, recolhendo os cacos, repondo uma nova taça com bebida, o futuro sogro acrescentou, em tom bem-humorado:

— Mas meu filho não vai separar você de sua biblioteca, minha cara Henriqueta.

— Tem sempre um cantinho no gabinete do marido para a biblioteca que a esposa trouxe de sua vida de solteira — a tia velha do noivo deu a sua opinião. A essa altura, Henriqueta pediu licença, foi retocar sua *toilette*.

A biblioteca teve o cantinho dela, é verdade. Mas os livros de Henriqueta acabaram ficando de lado, lidos, relidos. O casal começava a vida, não havia dinheiro para livros novos. No lugar deles, surgiu o cinema, a cada quinze dias. E o cinema reacendeu desejos em Henriqueta. Desejos que reconhecia impossíveis de realizar. Mas ela acabou aprendendo a lidar com essa impossibilidade. Agora esse vento que varre a vida dela e tira tudo do lugar, mostra que precisa desaprender o que permitiu a ela ficar tanto tempo sem lidar com as coisas que eram dela de verdade, que eram o melhor dela. Precisa desaprender, e vai ser difícil. O marido encerra a conversa, vai dormir, amanhã cedo vai à casa de seu Osvaldo, informá-lo da filha que tem.

Um copo cheio d'água transborda, e a culpa costuma ser atribuída à última gota. Que injustiça. É com a primeira gota que o copo começa a ficar cheio — considera Henriqueta. Beijou o filho, mandou que fosse dormir e foi também para o quarto. Deitou, dormiu logo. Francisco deitou também, pouco depois. Mas não dormiu. Remexeu-se na cama a noite toda, resmungou, bufou, foi ao banheiro e voltou umas quantas vezes, só de madrugada conciliou o sono. Henriqueta acordou cedo, o que não era costume nos domingos. Acordou, foi ver o filho, pegou um dos antigos livros na estante do gabinete, sentou-se na varanda para ler, depois do café. Antes de tudo isso, viu o marido sair. Não adiantava pedir a ele que reconsiderasse, que deixasse o filho devolver o livro a Aurora, ainda que o proibisse de vê-la de novo. Não adiantava. Que fosse até o fim e transbordasse, feito esse copo, que encheram demais.

Sant'ana ensinando a virgem a ler

No fim do dia, Henriqueta foi à casa de Estefânia. Queria ver a menina, queria dizer à mãe que não havia nenhum erro no que Aurora fez, o erro era só dos adultos. O marido deveria ter feito a coisa pior do que era. Mas ela, Henriqueta, queria que tudo continuasse como antes, a menina entregando os ovos e os frangos e — se Estefânia estiver de acordo — quer continuar ela mesma a dar à menina as lições de leitura e escrita, Aurora sem precisar usar pena de ganso, pois vai ganhar todo o material de presente.

Estefânia não consegue encarar a vizinha: vergonha, raiva? Por uma questão de educação, fez Henriqueta entrar, sentar na mesma cadeira em que o marido dela havia sentado pela manhã, escutou-a de cabeça baixa, disse que nada daquilo era possível. Falou das determinações do marido. Aurora precisa aprender. Henriqueta não se conforma, podem as duas falar com seu Osvaldo, um homem bom — ela sabe. Vai falando com calma, mansamente, fazendo ver a Estefânia o direito que todos — meninos e meninas — têm de aprender a ler e a escrever. Tenta contar um pouco da própria história, pensarem juntas uma solução para esse impasse. Estefânia se desculpa, é hora de recolher os ovos, a menina está muito abatida, imprestável na cama, não pode ajudar.

— Seu Osvaldo não bateu nela, não é? — Henriqueta pergunta, agitada.

— Meu marido não é homem de bater em filho. Mas quando dá uma ordem nenhum deles desobedece.

— Deixe-me falar com ele, por favor.

— Para quê? Por que a senhora deixou isso acontecer na sua casa? Eu ficava contente que Aurora merendasse com Francisquinho, mas, se pudesse imaginar que o que acontecia era outra coisa, era isso — sempre gostei tanto da senhora, tão distinta, tão educada —

Estefânia engasga, não consegue continuar. Quer dizer da admiração que sempre teve pela vizinha, os modos, a elegância, o perfume em volta dela. Era uma pessoa bruta, sem instrução, e sabia admirar tudo isso. E sente-se traída, porque — ignorante e tudo o mais — não aconteceria na casa dela o que aconteceu na casa da outra.

Henriqueta pega as mãos de Estefânia, diz: — Minha amiga, podemos nos ajudar, podemos as duas ajudar Aurora. Converse com seu Osvaldo, convença-o a suspender esse castigo terrível e que deixe a menina fazer o que tanto quer: aprender a ler e a escrever.

O contato das mãos suaves e cheirosas de Henriqueta magoa Estefânia, faz doer nela a própria pele grossa e seca. Retira as mãos, bruscamente, lembra que os ovos esperam por ela, os ovos, o jantar e o chá para a menina. Agradece a boa intenção, mas Osvaldo já decidiu. Ele não muda de ideia.

— Seu Francisco foi muito duro. Perguntou a meu marido que educação era essa que ele dava à menina — a voz de Estefânia carregava uma tristeza irremediável. A vizinha puxou-a para si, num abraço estreito. Uma sensação idêntica, de que tinham falhado em algum ponto de suas vidas, abraçava as duas.

Do número 29, onde morava Estefânia, até o 87, onde Henriqueta morava, não era longo o trajeto. Henriqueta pôde, no entanto, visualizar com clareza os passos que teria a dar. Tenho alguma coisa a fazer com todo o estudo que tive, tenho um bocado de coisa para fazer com o que aprendi — decide. Vai visitar Cecília amanhã mesmo. Cecília soube o que fazer com o mundo da escola e dos livros, foi trabalhar numa revista quando terminou o liceu. Causou um alvoroço na ocasião, mas o noivo dela era um jornalista e defendeu o direito de ela ganhar seu próprio dinheiro.

É isso que comunica a Francisco, quando chega em casa.

— Não admito, ele diz, não admito — e aumentando o tom de voz, a rispidez, perguntou: — Onde é que você estava? Deixou o menino sozinho em casa. Onde é que você foi?

— Fui em casa de dona Estefânia tentar reparar o estrago que você fez. Infelizmente, não consegui, porém não vou desistir. Não me conformo que uma menina tenha de pagar por uma falta que não é dela.

— Como não é dela? Como não é dela? Quem foi que —

— Quem foi que determinou que meninas não vão à escola? Ou que vão muito menos que os meninos? Que seja um crime aprender a ler e a escrever?

— Você aprendeu a ler e a escrever e — e — bom, aprendeu, não aprendeu?

— E fiz o quê depois?

— Você lê seus livros, lê as legendas no cinema, escreve os cartões de Natal para as amigas, sabe o destino do bonde — ora, não preciso estar a desfiar isso.

— É muito pouco. Não é só para isso que se aprende a ler e a escrever, é —

— Ah, romances!

— Romances, é verdade. E cartas, e escritos, vários escritos.

— Escritos? Falando de quê?

— De tudo, da vida, da arte, da educação, da política.

— Política? E desde quando mulher entende de política?

— Algumas entendem. São poucas, é verdade, porque não permitem às mulheres saberem o tanto que os homens sabem. Para isso, controlam a ida das meninas à escola, e muitas têm de aprender as coisas às escondidas, como criminosas, merecendo por isso ser queimadas na fogueira, como antigamente, na Inquisição, e —

— Basta, Henriqueta! Basta! Você anda com ideias muito perigosas.

— Perigosas. Os homens podem dizer isso e você até admira, quando é uma mulher —

— Essas ideias não são para uma mulher! Sobretudo para a minha mulher.

— Mas a sua mulher sou eu. Eu sou uma pessoa e tenho o direito de escolher as minhas ideias.

— Uma mulher casada —

— Tem o direito de pensar por si própria, de fazer de sua vida o que quer.

— Basta! Basta de absurdos! Você está maluca!

— Maluca? Talvez. Se os loucos têm sua parcela de razão, a minha começa a se mostrar agora.

— Minha mulher não pensa o que não autorizo!

Francisco está colérico. Grita, dá murros na porta do armário.

Henriqueta não se intimida. Pensa ainda uma vez antes de falar o que tem na ponta da língua. Quer ter certeza de que fala o que quer falar, de que está preparada para um caminho sem volta.

— Acabou sua autoridade. Não sou mais sua mulher — ela diz, baixo e firme, e o espanto é tanto de um, quanto de outro. Os dois deixam a sala. A noite vai ser longa, solitária e, sabem ambos, vai separar em pedaços de antes e de depois a vida do casal.

No dia seguinte, Henriqueta vai visitar Cecília, no trabalho dela. O reencontro é uma festa, notícias de cá, notícias de lá, poxa! Quanto tempo só de cartão de Natal, um ou outro postal, mas como você está bem — diz a amiga.

De repente, ainda não tinham acabado os cumprimentos, a língua não se controla e dispara:

— Você tem um emprego para mim? Decidi que quero trabalhar — Henriqueta pergunta.

Cecília não acredita no que ouve, eu sabia que você não ia suportar para sempre uma vida de dona de casa sem nenhum espaço para seu talento. Você era uma das melhores alunas da turma, mas aquele seu noivado, hein?

Cecília estava lá, na festa de noivado da amiga, lembra-se direitinho do que Francisco falou, da resposta irônica da amiga, do nervosismo da mãe, da taça quebrada, de Henriqueta esquivando-se para o quarto.

— Fui chorar de raiva.

— Era o que todo mundo sabia. Mas você estava apaixonada e acreditou no que ensinaram a você. Quanto tempo tem mesmo?

— De casamento, onze anos. Bote mais seis meses para o noivado.

— Um bocado.

Henriqueta se assusta com a observação.

— Ainda tem jeito de consertar, Cecília?

— Sempre tem, minha amiga, sempre tem, nada é irremediável. Quer dizer, muito pouco é irremediável, muito pouco.

— Então, o emprego?

— Só posso oferecer agora serviço de revisão, que você pode fazer em casa mesmo. Está em dia com a língua portuguesa? — Cecília pergunta e responde ela mesma, claro — você era ótima em redação. Se o pedido de emprego for pra valer, guardo a primeira vaga que houver. Há muitas possibilidades: o serviço de paginação, organização de fotos — nunca são muitas —, arquivo dos textos, até mesmo a visita aos anunciantes — você não se incomoda, não é?

Henriqueta não se incomoda. Quer dar um sentido a todo o esforço dos anos de juventude, quer ver reconhecido o direito de ter suas ideias, quer enviar aos destinatários as cartas que escrever. Volta para casa com uma pilha de papéis nos braços, dali a cinco dias tudo deve estar pronto, será que consegue? Vai tentar, vai se esforçar.

Na rua, o alvoroço de comadres atinge Henriqueta. A menina não entrega mais os ovos, quem veio hoje foi o rapazinho, o Augusto, mas ele avisou que a mãe está procurando uma outra pessoa. E dona Comba pergunta a Henriqueta sobre os gritos que ouviu dela e do marido, aconteceu alguma coisa, eu posso ajudar?

O burburinho continua: — Seu Francisco foi visitar seu Osvaldo muito cedo no domingo de manhã. Parece que as duas crianças — Deus me livre! — faziam indecências na hora da merenda, e a mãe do garoto!, que nem via nada. É assim mesmo, quem tem cabras que as mantenha presas no cercado.

A roda de boatos corria, enroscada e endiabrada, busca-pé em festa de São João. Só dona Luísa não sabe de nada, não pergunta nada, não cumprimenta dona Henriqueta com jeito diferente, quando ela passa na rua abraçada à pasta com seus papéis revisados. Já a resposta de dona Estefânia ao bom-dia, boa-tarde de Henriqueta, vem sempre de cabeça baixa, e a meninota mulata, que agora vem entregar os ovos e os frangos no lugar de Aurora, é espevitadíssima e vive a dar notícias que ninguém pediu a ela. Aurora está adoentada, vive mais na cama que outra coisa, nem ajuda quase a mãe, ela, Felisberta, é que tem que fazer tudo.

Henriqueta e Francisco não falaram ainda na separação, mas ele não dirige a palavra à mulher. Ela vai recebendo elogios pelo trabalho cuidadoso, as falhas ocasionais sendo logo reparadas. Francisquinho anda nervoso, não tem coragem de perguntar o que vai acontecer, não chega nem perto de Felisberta, mas fica de olhar perdido em Aurora, quando vão à missa na matriz.

Henriqueta volta à casa de Aurora. Estefânia, sentindo-se sempre humilhada, envergonhada com a repercussão do episódio, a curiosidade e reprovação no olhar das pessoas, agradece mais uma vez a oferta da vizinha de alfabetizar a filha e recusa — mais uma vez. — Está decidido, meu marido quer assim. A menina está aprendendo a bordar com uma mestra inglesa, para o ano começa a preparar o enxoval. Já faz uns cachos de flores, umas frutas lindas para barra de toalha. Ela aprende rápido — diz, a cabeça levantada, com orgulho.

Henriqueta tenta ainda uma outra vez. Não consegue falar com a menina, nem demover Estefânia. Escreve, então, uma carta para Aurora.

Rio de Janeiro, 23 de setembro de 1928.

Minha querida Aurora,

Não acredito que possa me desculpar. Sem querer, pensando que fazia o melhor para você, quanto mal acabei causando. Quanto mal pode estar contido no medo e na obediência a regras que não fomos nós que fizemos, e com as quais não concordamos. Se eu tivesse ajudado você no momento em que me pediu, você teria suas letras, leria por você esta carta, em vez de precisar pedir a outra pessoa para fazê-lo. Se tivesse ouvido você, nada disso que tanto sofrimento nos causou teria acontecido.

Queria vê-la, abraçá-la, pedir desculpas e aproveitar para dizer que toda essa confusão, a injustiça que está sendo cometida com você e com muitas outras meninas, isso me possibilitou enxergar o que estava errado na minha vida.

Claro que é cedo demais para que entenda esse desabafo, mas quero que saiba, mesmo assim. Estou começando a fazer da minha vida uma coisa que queria ter feito há muito tempo e, algum dia, vou ter um emprego, ganhar meu dinheiro, expor o que penso sem precisar pedir autorização a quem quer que seja.

Apesar das preocupações que tenho quanto ao futuro, sinto-me leve e corajosa. E não é que lembrei de uma coisa muito interessante, que quero contar a você? Uma das imagens que aparece com alguma frequência entre os santos da Igreja é a de Sant'Ana, a mãe de Nossa Senhora, ensinando a filha a ler. Veja só: se Nossa Senhora aprendeu a ler, Aurora, se a própria Igreja mostra essa imagem, é porque as meninas têm tanto direito quanto os meninos de aprender a ler e a escrever e de usar esse saber pela vida afora, da forma que quiserem. Mas vamos precisar lutar muito para que esse direito seja reconhecido.

Gostaria de ensinar você a ler. Falei com sua mãe. Ela diz que seu pai não permite, que você anda doente. Espero que melhore, que seu pai mude de ideia. Saiba, minha querida menina, que estou perto de sua casa, à sua disposição. Tenho fé de que não demora muito e você aprende a ler e a escrever.

Afetuosamente,

Henriqueta

Henriqueta dobra a carta, põe no envelope, vai ao correio. Envia a carta, que Augusto recebe, espantado de chegar uma carta na casa deles, e para Aurora, ainda por cima. Ele vê o nome da remetente, leva a carta para a irmã, que está perto do galinheiro.

— Uma carta para mim? — Aurora pergunta sem entender. — Foi dona Henriqueta que mandou. — Como é que você sabe, se ela está fechada?

Ele explica e pergunta: quer que eu leia para você?

— Quero — ela responde, sem nem pensar.

Ele acaba a leitura, ela pede a carta. Dobra o papel, põe dentro do envelope, dentro do bolso do avental. Antes de entrar em casa, no último degrau da escada, vira-se para o irmão.

— Pode deixar, Aurora. Eu não vou contar pra ninguém — ele diz pra ela.

Uns dias depois, no domingo, ao saírem da missa, Henriqueta e Francisquinho esperam Aurora e a família. Estefânia tenta fugir, assim que percebe que estão ali, esperando por eles, mas não consegue. Henriqueta se adianta, se dirige a eles, fala com cada um, pergunta pela saúde, se curva e dá um abraço apertado em Aurora e pergunta, baixinho, no ouvido dela:

— Recebeu minha carta, Aurora?

Ela balança de leve a cabeça, dizendo que sim. Henriqueta olha para ela bem de frente, faz um carinho nos cabelos, diz, gosto muito de você, Aurora, respeito muito a sua família, queremos pedir desculpas, meu filho e eu, por tudo o que aconteceu.

Francisquinho fala baixinho, e de olhos no chão, desculpe, Aurora.

Osvaldo resolve o constrangimento, dizendo:

— Muitos bons-dias, dona Henriqueta. Obrigado pelo seu interesse, minha mulher me falou. Mas a menina já teve muitos ataques depois dessa história toda, começou a melhorar agora e não queremos mexer nisso tudo de novo. Passe bem, senhora — inclina a cabeça para ela, e se volta para Francisquinho — bom-dia, menino, e, começando por Aurora, passa o braço, um a um, nas costas dos filhos e da mulher — como se fossem uma braçada de flores que ele recolhe ao jarro — e os enfileira para ir embora. — Meus cumprimentos a seu marido, completa, virando as costas a Henriqueta.

Um belo dia, Francisco lembra à mulher que ela não vai poder mais ir à igreja, se eles vão se separar — católicos não podem se separar. Então, é hora de tratar disso, ela lembra de volta a ele, até porque já dormem em quartos separados. E tratam: Henriqueta vai manter o trabalho, estão prometendo uma vaga na paginação, não pagam muito, mas pagam em dia. Francisco paga a pensão para o filho, a casa fica para ela com o menino. Nada disso, ele não concorda.

Vai ser uma separação trabalhosa, longa.

Durante essa luta contra o marido e as más línguas, muita coisa acontece na vida de Henriqueta. Conseguiu a vaga no setor de paginação, e um dia pedem a ela às pressas um artigo para *A Cigarra*. A revista era feita em São Paulo, mas contava com um bom público no Rio, e um dos articulistas teve de fazer uma viagem de emergência para atender a mãe doente, no Nordeste, o espaço da página estava vazio, não podiam esperar mais, Henriqueta não queria tentar? Cecília tinha sugerido o nome dela com entusiasmo, e mesmo com o tempo de correio daqui para São Paulo era a melhor solução.

Emocionada e com medo de não estar à altura, Henriqueta resolve escrever sobre o assunto que era quase uma obsessão, desde o episódio com Aurora. "Sant'Ana Ensinando a Virgem a Ler" assusta e entusiasma a equipe de redação, misturadamente. O artigo é aprovado, com algumas reservas, a exclusão de certas passagens mais polêmicas é recomendada. Henriqueta e Cecília ficam indignadas, protestam e acabam reconhecendo que é uma boa estratégia acatar os cortes. Henriqueta está ganhando um espaço em que vai poder fazer coisas muito boas — pressentem as duas.

O artigo vem num momento oportuno e ganha ampla repercussão. No número seguinte, um outro articulista escreve sobre o mesmo tema, e as cartas de leitores e leitoras elogiam a forma corajosa e clara com que Henriqueta tratou do assunto. Encomendam um segundo artigo, e ela continua a investir no terreno da leitura e da escrita feminina.

A cada artigo publicado, procura levar a revista para Aurora — um dia, ela vai saber ler, Henriqueta acredita —, mas nunca consegue chegar até a menina. Tenta, ainda, uma última vez. Estefânia diz a ela, frontalmente:

— Mulher separada não bate na minha porta e, se bate, eu não atendo.

Nem para se despedir quando mudou do bairro, Henriqueta bateu de novo à porta de Estefânia. Mas conseguiu enfrentar a vizinha para se despedir de Aurora, na missa em que ela continuava indo, apesar das frequentes e iradas alusões do padre quanto à indissolubilidade do sacramento do matrimônio e o castigo reservado às pessoas que desrespeitam essa máxima da Igreja.

Mas tudo isso levou um tempo para ir acontecendo, um tempo que não trouxe nada de novo para Aurora, a não ser o fim das aulas com a mestra inglesa, os bordados postos de lado, os irmãos virando rapazes de verdade, ela crescendo, Estêvão almoçado num domingo, quando isso não tinha mais graça para ela, Ferdinando e Esmeralda, também ensopados havia muito, mas tendo deixado alguns filhos e netos para continuar a cuidar da casa com os grasnados fortes, quando algum estranho batia à porta. Escapando do pé insolente de Péricles — que, mais velho, mais rabugento —, Moleque continuava nota dez em hierarquia, sempre amigo da menina-quase-moça e gostando de rondar o galinheiro. Como a vida não costuma ser perfeita, o sucessor de Estêvão é um adepto da paz e não justifica nenhuma ação bélica.

A vida continuava, renovavam-se os assuntos dos disse-que-disse, não se pensa mais em dona Henriqueta, Francisquinho e Aurora, mas ainda se conta, aqui e ali, a história da menina Pena de Ganso.

Pois numa tarde de sábado, uma senhora baixinha, gordota, bigodinho sobre o lábio, e muito simpática, tinha vindo bater palmas no portão de Osvaldo e Estefânia. Apresentou-se, dona Mariquinha, a seu dispor, era professora da escolinha modesta, fundo de quintal, do outro lado da linha do trem, mas que se orgulhava de ter alfabetizado muita criança das redondezas, poucas meninas, verdade, mas entre as quais se incluíam uma ou duas que seguiram os estudos, viraram professoras, e alguns rapazes, contadores, escriturários, um doutor! Pois é: tinha ouvido contar a história da menina que usava uma pena de ganso para tentar aprender a escrever e veio se oferecer para dar aulas a Aurora, de graça, no horário que ela puder, uma menina que quer tanto aprender assim —

Também a ela Estefânia explica a decisão de Osvaldo, justifica a recusa com a doença da filha. Dona Mariquinha não se deu por vencida, voltaria no dia seguinte para falar com o pai da menina.

Bateu na porta justamente quando Osvaldo acabava de colocar a coleira no Moleque e este não cabia mais em si de agitação. Irritado e impaciente com o que achava um atrevimento da mulher, com a turbulência do cachorro, Osvaldo rejeitou de pronto a oferta: a menina tinha os ataques, devia ficar perto da mãe que, além disso, precisava da ajuda dela: ele e os meninos tinham seus horários e a vida era difícil, ele não era rico. Dona Mariquinha insistiu, mas, se a menina aprender a ler e a escrever e se estudar um pouco mais, ela pode ajudar a família como professora, foi assim que aconteceu comigo, disse —, os pais também não eram ricos, e até o marido ela pôde ajudar com o que aprendeu quando menina.

A essa altura, Moleque deu um puxão na coleira, derrubou uma planta de Estefânia. Osvaldo disse à professora que ele precisava sair com o cachorro, ela não estava vendo?

Sem jeito, magoada, enfurecida, ela disse:

— Compreendo, compreendo. O cachorro é mais importante. Eu estou lá, do outro lado da linha; se mudar de ideia, é só perguntar pela escola de dona Mariquinha.

— Do outro lado da linha do trem! E vir cá a bater-me à porta. Ai, que vergonha! — dizia Estefânia, balançando a cabeça depois de ter ouvido a conversa, de dentro de casa, encostada na porta da sala.

Se fosse ao menos do outro lado do mar — ironizou Aurora para si mesma, e não sabia ter acabado de descobrir esse gênero bem peculiar de perceber as coisas, responsável por muito progresso no mundo. A mãe não percebeu o sorriso sofrido no rosto contraído da filha, disse pra ela que não é por maldade que o pai toma essa decisão.

Não é por maldade que Osvaldo toma essa decisão. Não é por maldade.

II. Posso escrever

"Você não vai precisar de guarda-chuva" —,

Bem que o Duda tinha avisado. Mas eu estava atrasada e não prestei atenção. Puxei as cortinas para olhar lá fora, o tempo estava feio, o serviço de meteorologia tinha mesmo anunciado chuva na véspera. Escolhi um sapato fechado, joguei um casaco nos ombros, peguei o guarda-chuva e saí.

Já era quase meio-dia, e um cinza fechado no céu falava de noite. De repente, uma luz muito tímida insinuou-se por uma fresta entre as nuvens e, pouquinho a pouquinho, o tempo foi clareando, o Sol apareceu, empurrando as nuvens para algum ponto em que elas foram se dissolvendo. O céu acabou ficando azul de cartão-postal, o Sol brilhando alto, uma estrela de verão. E o guarda-chuva aqui, ora na minha mão, ora pendurado no ombro, pesando como um pacote que eu não precisava carregar. Pois é, quem mandou não prestar atenção no aviso do Duda?

Olho em volta, dou de ombros. Por aqui tem um bocado de pedra. Pedra e cor, pedra e flor. Avião cortando o céu e trem, barulhento, passando do outro lado da avenida.

O trem passa do outro lado, a vida corre pra todo canto.

Gosto de andar de trem. Gosto de ver as crianças que dão adeus pra quem passa no trem. Nunca deixo também de dar meu adeusinho pra elas. Me estico toda, balanço a mão pra um lado e pra outro: adeus, adeus.

Não preciso me esticar toda pra dar adeus pro Duda, um adeus que repito todo dia. Me abaixo, faço um carinho na cabeça dele. Adeus, Duda, adeus. A Deus.

Dar adeus é que nem deixar o doce no armário, pedindo pra mãe tomar conta dele, enquanto vamos pra escola — pensei um dia, quando dava adeus pro Duda.

Varia muito o adeus que dou a ele. Às vezes, é um adeus comprido; às vezes, um adeus tão curto que nem deve chegar até os anjos, quanto mais aos ouvidos de Deus, que, com certeza, fica bem mais lá em cima. Esse de hoje foi um relâmpago de adeus e aí, só quando já estava parando o carro, ao lado da linha do trem, é que me dei conta de que o pelo dele estava clarinho, clarinho, aquela cor de abricó lavado de chuva. O pelo do Duda clarinho: tempo bom.

Com este sol que está aí, eram os óculos escuros que eu devia ter trazido e não o guarda-chuva. Se tivesse corrido menos, tinha dado tempo de perceber o recado.

Não consigo entender esse talento do Duda pra ler o tempo. Ele é uma previsão meteorológica completa. Vai chover? O Duda fica de pelo escuro, molhado de banho sem tomar banho — o banho que ele suporta rosnando baixo. Vai fazer sol? O pelo fica clarinho, sem nenhuma umidade. Vento? As orelhas eriçadas, o pelo espantado de quem tomou susto. Dia sem cara de chuva ou de sol? Pelo como uma gordura triste, agarrando na mão da gente.

São esses os avisos principais, fora os anúncios de frentes frias, calores fortes, frio na faca da madrugada. Mas não estou com vontade de ficar lembrando da cor do tempo nos pelos do Duda.

Tanto ramo de flor para olhar por aqui, tanta cor! Tanta pedra escura também, mas a cor! Cor é carinho de vida no canto escuro da alma, presente que o mundo põe na manhã de cada dia. Vontade de continuar assim, os olhos soltos, vagabundeando de pedra pra flor, de flor pra pedra, um retrato aqui, umas letras de metal ali, buquê de margarida branca, ramo de rosas vermelhas, cravos amarelos, vermelhos; dálias amarelas, palmas-de-santa-rita cor-de-rosa, sempre-viva roxa, rosa, branca. Mais longe um pouquinho, uma trepadeira com flores cor de vinho e amarelo, uns canteiros floridos de azul, outro de flor do campo. Vou me distraindo, o olhar vai para mais e mais longe, quando alguém toca muito leve no meu braço.

Olho confusa para o relógio na parede do prédio ao fundo, quatro horas, já? Não é possível. Não é mesmo. O relógio está parado, os algarismos enferrujados e tortos. Acabam caindo na cabeça de alguém e vão deixar o coitado cheio de musgo, poeira e cocô de passarinho. Nem penso que podem causar um machucado. São leves e inocentes, parados e quase soltos da parede. Capaz até de passarinho carregar no bico, fazendo de palha pro ninho.

Meu marido me toca de novo no braço, insiste, diz qualquer coisa que não entendo bem. Vou me virar pra ele, mas meu pé agarrou em alguma coisa, olha só: um monte de sujeira, lama, resto de flor machucada. Vou esfregando o pé no chão, o trem de novo passando. Me abaixo um pouco para ver se a sola do sapato ficou bem limpa. Mas como pesa este guarda-chuva! Vontade de largá-lo por aí, em algum canto. Não posso fazer isso: é de estimação, e bonito ainda por cima: o pano de losangos pequeninos, cor de tijolo e mel, essa cabeça de pato trabalhada em madeira, os veios claros e escuros que se alternam como pedras em uma pirâmide.

Foi presente de amiga muito querida, que chegou um dia toda feliz na minha casa com um pacote comprido e magro, num caprichado embrulho de presente. Nem desconfiei do que era e fiquei tão feliz quando abri: um guarda-chuva superoriginal! Eu esquecia guarda-chuva em tudo que era lugar e acabava, muitas vezes, tomando chuva pra valer. Mas nem por isso pensei em usar o guarda-chuva que acabava de ganhar como guarda-chuva mesmo. Queria deixá-lo encostadinho na parede, do lado de um aparador de vidro, enfeitando um canto da sala.

— Deixa de ser besta! — disse Ângela. — Não é um enfeite pra casa que estou dando a você.

Não é, mas parece. Então, contra a opinião da minha amiga, é naquele canto que o guarda-chuva fica, quando não está em uso. Comprei pra ele um porta-chapéus antigo, uma graça! Duda tem cisma com ele — o guarda-chuva, não o porta-chapéus. O pelo do pescoço todo eriçado, rosnando sem parar, as patas dianteiras fincadas no chão, ele é capaz de passar um tempo enorme nessa posição de ataque:

— Qual é, Duda? É o meu guarda-chuva, você sabe muito bem — digo.

Finge que não é com ele, continua a preparar a batalha. Às vezes, paro e fico olhando o Duda cercando o guarda-chuva, tentando pegá-lo de surpresa, vindo por trás do sofá. Me divirto um bocado: imagino, um dia, o guarda-chuva irritado, virando, de repente, uma coisa viva e assustadora, garras e dentes no focinho do Duda, coitado dele!, mas também quem manda ficar implicando com tudo que aparece?

A mão do meu marido pousa no meu ombro, levo um susto, achei que estava na sala da minha casa com o Duda e o guarda-chuva, não estou. — O caixão acabou de chegar — ele diz.

Estou no cemitério, me dou conta, então — o caixão que chegou é o caixão da minha tia. E aí eu choro, choro um bocado, choro muito mesmo.

Quando chegar em casa, acho que vou dizer ao Duda: sabe, Duda? você acertou e errou de guarda-chuva. Eu não precisei de guarda-chuva nenhum pra proteger o meu corpo. Mas eu precisava mesmo, Duda, era de um guarda-chuva que não deixasse chover tanto assim dentro da minha alma.

Isso, que eu acabei mesmo dizendo a ele, deve ser uma coisa velha como o mundo. No entanto, o meu cachorro sentou-se, virou a cabeça um pouco de lado, ficou me olhando daquele jeito que eu acho que é o maior carinho, o rabinho abanando de leve.

— Ô, Duda, você me compreende, não é? — digo e faço um carinho na cabeça dele. Ele se estica todo, pedindo mais, oferecendo-me a sua companhia. Vou fazendo carinho no Duda e começo a ir falando pra mim mesma, fingindo que falo pra ele, quem era essa minha tia que, na companhia de outros parentes, acabei de enterrar. A morte dela deixou um canto vazio dentro de mim, um canto nublado, de dias sem sol, ameaça de chuva fina e comprida. E ela, que se chamava Aurora!

Chamava-se Aurora, mas não tinha nada a ver com o dia que vem surgindo, o Sol clareando o mundo. Tinha dedos de alicate e unhas de pinça de besouro — assim falavam meus irmãos, que fugiam dela quando éramos crianças.

Aurora, nome bonito, um tanto fora de moda nos dias de hoje, mas alegre e cheio de promessas. O rosto de minha tia não mostrava promessa, futuro ou beleza. Não era bonita e não fazia nenhum esforço para se enfeitar. Tinha umas pernas cabeludíssimas, cabelo rebelde e pele ressecada. A voz era áspera, sem açúcar nem afeto. Também nunca ouvi ninguém que a chamasse de querida.

No entanto, eu gostava dela. Talvez entendesse um pouco do que acontecia dentro daquela alma ranzinza, talvez tivesse sido cativada pelos mimos que recebia como primeira sobrinha. Mas fui obrigada a reconhecer, quando já era adulta, que ela era uma pessoa difícil de conviver, cheia de ressentimentos, sempre metida em enredos e histórias de intrigas na família.

Família costuma ser uma coisa complicada. Não escolhemos nossos parentes, nem podemos mudá-los, assim como não podemos decidir em que época ou em que lugar nascer. E nós também somos alguém que chega e pronto: daquele momento em diante, fazemos parte da família. Como a vida é sempre uma surpresa, muitas vezes a nossa família — complicada, como a maior parte das famílias no mundo, pode ainda assim ser bem interessante, com umas loucuras muito especiais e divertidas.

Parte e fruto do jeito único de arrumar as loucuras que é a família de cada um, temos em amigos e amigas o melhor antídoto contra família envenenada. Porque amigo e amiga a gente pode escolher e não é obrigado a conviver com ele ou com ela todo dia e num espaço tão apertado que nem a gente vive com irmã, mãe, pai, irmão. A gente pode brigar com o amigo, nunca mais querer ver e pronto. Mas com irmão a gente briga, não vê mais, e o laço continua lá, sem que a gente possa apagar da vida, e

isso pode doer como machucado aberto. Tudo que é sentimento intenso e negativo fica terrível dentro da família. O ódio que a gente tem por um irmão é muito mais forte do que aquele que a gente tem por outra pessoa qualquer; a inveja entre irmãos é a mais destruidora, simplesmente porque eles estão perto da gente e aí a gente vê todo dia o que eles têm e que a gente não tem, o que a gente queria e eles pegaram primeiro.

Tia Aurora e os irmãos não se davam lá muito bem. Rolava sempre um mal-estar entre os três, assim, uma briga que não ficou bem resolvida. Mas devia ser uma briga muito antiga. Ou então essa tal história de inveja entre irmãos, ou o talento especial para o rancor que algumas famílias podem desenvolver muito bem.

O fato é que nunca havia alegria quando todo mundo se juntava, e olha que eram bem poucas as vezes em que isso acontecia. Daí que fomos convivendo cada vez menos, o meu gostar foi ficando distante e fraco, sem muito compromisso, sem visitas e telefonemas, sem dar presente nem dizer carinhos.

Apesar desse gostar meio apagado, fiquei bastante preocupada quando soube que estava doente, e a notícia da morte dela me trouxe uma sensação de mundo nublado, os dias carregados de chuva, uma chuva pronta para cair a qualquer hora, mas que nunca se decidia.

"Eu não estou entendendo nada!"

Este meu vizinho! Acaba de mandar me entregar um monte de penas de galinha. Elas estão arrumadinhas, enroladas e presas com um elástico, um cartãozinho com bilhete em volta:

> Será que dá pra usar pena de galinha em vez de pena de ganso? Achei tão legal o que você me contou, mas não consigo encontrar nenhum ganso e estou preocupado com sua tendinite, nisso de ficar horas e horas no computador. Mando então essas penas pra você escrever como antigamente,
>
> Pedro Ivo

Pode uma coisa dessas? Ou esse meu vizinho não entendeu nada, ou está rindo da minha cara.

Ele gosta de conversar comigo por cima do muro, quando estou no jardim. Desligado que só, mas um bocado curioso de tudo que vai pelo mundo, é um bom papo. Verdade que às vezes, no meio da conversa, olha pro relógio, bate na testa, diz, chi, esqueci!, me dá tchau correndo, depois a gente continua!, grita já entrando no carro pra sair. O mais engraçado é que, dias depois, ele vem e retoma a conversa exatamente no mesmo ponto em que estava quando se despediu apressado, lembrando do que tinha pra fazer.

Não tem muito tempo que a gente conversou sobre uns versos de um escritor cubano que falam do grande espanto que ele sente quando pensa que alguns dos mais belos poemas da humanidade foram escritos com uma pena de ganso. Por que a gente tem esse vício de achar que o mundo sempre esteve pronto do jeito que a gente encontra? Nem nos damos conta de que antes, muito antes de que a gente tivesse chegado ao mundo, ele já estava aí, rodando, com a nossa família acontecendo há muito tempo — os tetravós, bisavós, avós, pai, mãe e até nossos irmãos mais velhos.

Assim, acontecemos em nosso tempo, e os objetos de que precisamos, já inventados, estão sendo aperfeiçoados e reinventados sem parar. E, no entanto, demoramos muito para tomar consciência disso, costumamos achar que o mundo nasce com a gente, eu ia falando para Pedro Ivo.

— Legal isso que você fala. Vou contar pro meu filho ou pra minha filha, quando ele ou ela nascer — Pedro Ivo falou.

Pois é, ele vive dizendo: "Vou contar pro meu filho ou pra minha filha". É que ele e a mulher estão esperando um bebê. Ô que festa foi o dia em que os dois descobriram isso: ele se debruçou por cima do muro, danou a gritar meu nome e, quando eu apareci na janela: — Você acredita? Estamos grávidos, estamos grávidos, nós estamos grávidos!

Saí da minha casa, toquei a campainha da casa dele, esperei que a porta se abrisse e dei em Pedro Ivo um abraço do tamanho do mundo: — Sim, senhor, meus parabéns. Você acaba de embarcar em uma das maiores aventuras que é dada ao ser humano viver.

— Pois é — ele dizia, todo emocionado. — Pois é — repetia.

Nesse tal dia em que a gente falava que antes, muito antes do computador, da máquina de escrever, da caneta esferográfica, da lapiseira, da caneta-tinteiro, do lápis, do giz, era a pena de ganso, muito bem preparada e talhada, que a gente usava para escrever, ele largou como sempre a conversa no meio, porque — imagina! —, tinha acabado de lembrar que precisava pegar a mulher na casa de uma amiga ("preciso cuidar dela, evitar que faça esforço, ela está carregando nosso filho", explicava) e logo, logo, ele já me dava tchau, entrava no carro.

A conversa ficou parada por aí. Não cheguei a falar que outras penas foram também usadas para a escrita, como a pena do cisne, da águia, do pelicano, do peru, do urubu e que havia ainda algumas outras, como a do pato ou do corvo que eram preferidas para as escritas muito finas. No momento em que a invenção da imprensa faz com que a escrita comece a se expandir — embora muito lentamente, continuando por uns duzentos, duzentos e cinquenta anos, a ser ainda privilégio de poucos —, vai se criar uma profissão nova, a dos fazedores de pena, cuja única especialidade consistia em saber talhar bem a pena, ir afinando o bico com uma faquinha, ou um canivete, preparando-a para a escrita. Era um processo um tanto complicado, em que só conseguia se estabelecer quem tivesse muita habilidade manual.

Não continuamos a conversa, e agora, tantos dias depois, me vem Pedro Ivo com essas penas de galinha. Até que as penas que ele arrumou estão bonitas que só, o arranjo ficou um bocado interessante. O Duda deve ter achado que elas são um bom inimigo pra treinar lá as guerras dele e não está me dando sossego, para com isso, Duda!, eu digo, e não adianta nada, ele não me atende.

Pula, rosna, desafia as penas para um combate. Roda em volta da minha escrivaninha, puxa a minha saia, quer que eu dê as penas pra ele.

— Para, Duda, para! — grito, rabugenta.

Não estou com paciência para brincadeira nenhuma. Tenho vontade de chorar, quero trabalhar, quero ficar quieta no meu canto, quero — sei lá o que eu quero.

Duda não está nem aí para minha tristeza. Continua a guerra com as penas, exatamente como faz com o guarda-chuva. Vai brincar até cansar e esconder depois os destroços muito bem escondidos, até o dia em que desesconde para continuar a brincar. O que a gente encontra de coisa escondida pelo Duda quando é dia de fazer faxina!

Pronto, derrubou as penas no chão, já sai correndo com elas na boca, vai pro quintal, pobres das penas! Pela janela aberta, meu olho vai lá pra fora com o Duda e fica passeando tristezas. As penas estão acuadas, não têm saída. Vão ser estraçalhadas, virar poeira de penas debaixo das patas possantes, dos dentes mortíferos e da cauda brincalhona do Duda.

— Para com isso, Duda! — grito, quando vejo que ele está muito perto do canteiro das violetas. Duda? — nem te ligo. Pobres violetas! — não tenho energia para ir lá fora, obrigar o Duda a procurar terreno neutro pros combates dele.

Meu olho volta para dentro do escritório, bate na pena de ganso que comprei na França, em Paris, numa papelaria que se chama L'Art du Papier.

Francês gosta muito de guardar memória das coisas, tem feira de coisa antiga lá por todo lado, com papéis antigos, cartazes de filmes de cinquenta anos atrás, bilhete de escritor famoso convidando o amigo para jantar, ou conversando com o editor, cartão-postal de quase cem anos de uma amiga para outra, falando do fim da Primeira Guerra Mundial. E tudo isso vale dinheiro, é parte de um comércio bastante intenso.

Empregar o dinheiro nesses papéis é parte de uma cultura em que o antigo tem muito valor, pois representa a história, a tradição. O antigo, mas também o artesanal, a marca da mão das pessoas, uma maneira de fazer. E isso é levado tão a sério que existe a "Sociedade dos Papéis Antigos" e mesmo o "Salão dos Papéis Antigos", além de uma quantidade enorme de livros e objetos sobre o livro, a leitura, a caligrafia — a arte de escrever bonito. Taí, vou devolver a brincadeira do Pedro Ivo, dando a ele um rascunho meu qualquer para guardar e poder vender por um dinheirinho razoável, daqui a uns cinquenta anos.

A pena de ganso me fascinou, quando entrei na loja de Monsieur Chaufaux. Era de um branco muito branco e estava numa caixa de fundo azul-escuro, com um tinteiro de vidro trabalhado. Em volta dela, nas outras prateleiras, tinta de tudo que é jeito, as cores mais lindas, potes com pó dourado, prateado, cor de cobre e de grafite. Tudo muito bem disposto para você mesmo preparar as próprias cores. Uma perdição para quem, como eu, vive atraída por esse mundo de papéis, canetas, tintas, envelopes. Ainda bem que estava com pouco dinheiro e não tinha escolha, nada de ficar pensando, quem sabe essa e mais aquela, e aquela outra, e ainda aquele conjunto no fundo.

Comprei sem pestanejar a pena de ganso, bem talhada para escrever. Nem pensava se ia ou não escrever com ela, como os grandes escritores do passado, quando ainda não havia sequer a pena de metal, esferográfica então! — nem pensar. Comprei a pena de ganso porque ela falava para mim uma coisa que eu sabia, mas ainda não conseguia escutar.

"Você vai precisar de muita tinta",

Parece me dizer este combatente, já de volta, exausto e petulante, porque parece que não dou a ele a atenção devida. Está certo, seu moleque, digo a ele, o senhor é um combatente destemido e valoroso. Olha para mim do alto da posição de vencedor, vira a cabeça de lado, abana, resignado, o rabo felpudo. Preparo-me para responder a ele, não é tanta tinta quanto você pensa, mas, afinal, que história é essa de viver dando satisfação pro Duda?

Dou umas palmadinhas no traseiro dele, faço um cafuné na cabeça. Meu cachorro se estica todo, deita aos meus pés, me oferece o prazer da sua companhia.

Dentro do meu olhar vão se juntando as cenas da luta do Duda, a imagem da pena da loja de Monsieur Chaufaux. Devagar, bem devagar, elas vão se encaixando, arrumando alguma coisa na minha cabeça que ainda não sei o que é, mas que pode estar começando há um bom tempo, quando eu ainda nem era nascida.

Eu não era nascida, minha tia Aurora já dava beliscões raivosos no mundo, fora do alcance dela experiências e objetos que fariam mais tarde parte de meu cotidiano mais comum.

Como certas coisas são muito mais fáceis hoje, incomparavelmente mais fáceis do que eram há cinquenta anos. No último século, trinta anos de diferença entre os nascimentos de duas pessoas podem significar histórias completamente distintas. Se eu tivesse nascido na mesma ocasião em que tia Aurora — que vida seria a minha vida? E se eu tivesse este desejo intenso que me caracteriza, isto onde eu sou melhor, isto que diz o que eu sou — escrever —, será que teria podido realizá-lo? Se não tivesse os meios para isso, que pessoa eu seria? Meus dedos (torquês e alicate?), minha pele (casca de fruta seca?), cabelo (palha de aço?), meu rosto e voz (um susto e um cristal despedaçado?), eu toda seria o quê (retrato rasgado?)?

Bobagem fazer essas perguntas. Nunca saberemos o que teríamos sido se não fôssemos o que somos. Por outro lado, é impossível fugir à evidência de que somos feitos de diferenças, diferenças e lacunas.

Livros, por exemplo: este objeto que você lê agora, este objeto que eu não fiz, embora seja o meu nome que esteja na capa, na folha de rosto, no alto de cada página — conforme a diagramação. A autora ou o autor não faz um livro. Faz um texto. Pedro Ivo discutiu isso comigo, outro dia. Parece fácil compreender, formular o conceito, e não é. O que sai de meu computador, o que saiu antes de meus manuscritos — quando eu escrevia à mão, a letra se apertando, correndo para acompanhar o pensamento, da mesma forma que as letras se atropelam quando digito — não é o livro que você lê. É um texto que vai receber o tratamento de muitas outras mãos, editor, paginador, diagramador, revisor, ilustrador, capista, escritor de orelha ou de quarta capa, o pessoal da gráfica, o motorista que transporta os volumes, o pessoal da propaganda, o livreiro. É um trabalho que fica meio invisível, os outros nomes — e apenas alguns deles — diluídos na folha dos dados catalográficos. Precisamos ter presente, no nome do autor, esses outros nomes? Ou são duas indústrias — numa se faz o objeto, na outra, o corpo que vai habitar o objeto? Só o texto recebe autoria, numa tradição que nem é tão antiga, começando aí pelo século XVIII. Aliás, na indústria da escrita e da leitura, nada é tão antigo assim.

Se considerarmos a história do *homo sapiens sapiens*, isto é, este ser humano que a ciência e o contrassenso chamam de homem sábio sábio, pensamos em cem mil anos. Se conseguimos recuperar os traços dos caminhos deste tal *homo sapiens sapiens* por este planeta, ficamos aí com uns dez mil anos. Se queremos ficar com a escrita, seis mil anos, aproximadamente. Se queremos pensar no momento em que se concebe que os livros devem ser para muitos, quinhentos e cinquenta anos, quando Gutenberg — um homem talentoso que ajuda a Idade Média a virar Moderna — aperfeiçoa a invenção da imprensa. Se pensarmos ainda na ideia de que a posse desse código, que é uma das mais fantásticas aventuras da humanidade, deve ser acessível a todas as pessoas no mundo, que é um direito da espécie, quanto tempo vamos ter: vinte anos?

Eu aqui dando aulas, explicações de História, e nem é isso que você espera ler neste livro, nem é isso que eu quero escrever. É uma sensação enorme de falta, isso que me leva a enfrentar os vazios dentro de mim — dentro da história que me contaram

—, para construir uma outra história sobre alguém que me foi querida, uma história que só agora posso ver. Escrever é doloroso, e como encontramos situações para fugir desse encontro com a letra, esse encontro que vai dizer o real, que vai buscar preenchê-lo dessa forma simbólica, ocupando o lugar do que aconteceu. Inventamos pretextos para não escrever, embora saibamos que não vamos escapar, que vamos acabar escrevendo. Costumo ir ao banheiro, beber água um sem-número de vezes, arrumar coisas pela casa, ocupar-me de outros trabalhos e demorar muito para fazer cada um desses trabalhos, desdobrando bobagens em tarefas intermináveis. Até que chega um momento em que nada disso surte efeito: tenho de enfrentar, letra a letra, o vazio dentro de mim.

E como sou grata à letra! É um lugar em que minhas dores deságuam, em que o futuro se espelha, o passado se anima. É um lugar em que sou melhor, administro a violência e o negativo que podem, às vezes, me corroer se não explodirem num texto. O texto que nunca chegou até tia Aurora. Sob nenhuma forma.

Ninguém me perguntou se eu queria ir para a escola, ninguém aventava que podia ser diferente. Aos seis anos, entrei no jardim de infância, embora por pouco tempo. Era fim de ano, a turma precisou ser dissolvida logo em seguida, para abrir espaço — talvez — a alguma dessas necessidades de educação pública tão costumeiras neste país.

Aos sete anos, entram em minha memória os corredores e as salas amplas e bem iluminadas da Escola Anita Garibaldi. Quem era Anita Garibaldi? Ia saber um pouco mais tarde, aí pela terceira ou quarta série. Naquele ano em que começava a aprender a ler, eu sabia era da Galinha Ruiva.

A Galinha Ruiva é a história de que primeiro me lembro. Vejo-me na biblioteca da escola, vejo as janelas e o céu lá fora, as mesinhas e estantes, o livro na minha frente, a capa, as páginas, a ilustração. E aí duvido de que esse livro da memória seja o livro da realidade, porque a história da Galinha Ruiva, que encontrei bem mais tarde, não a reconheço como a história de minha infância. Não acreditei nela, quando vim a contá-la para minhas filhas. Não acredito até hoje. A minha Galinha Ruiva — a que estava no livro dentro daquela biblioteca formidável — fugia de um lobo. Já a outra, essa que conheci em livros bem posteriores, chama vários animais, um de cada vez, para plantar e colher o trigo, debulhar a espiga, moer os grãos, cozer o pão. A cada pedido, nenhum deles quer ajudar, e ela prossegue sozinha, até o momento em que — pronto o pão — todos aparecem para comer. Mandados embora um a um, escutam o sermão da galinha: por que desfrutar, agora, se antes ninguém aceitou trabalhar?

Entre a luta com o lobo e o trabalho solitário, minha memória insiste na primeira vertente. E a segunda? Que lugar ocupa em minha vida?

A Galinha prepara, desde o plantio do trigo, o pão para os filhos, alimenta com ele a família. E eu? Ganho o pão com minha escrita? Ou tenho o lobo nos calcanhares?

Minhas primeiras letras eram garranchos — ouço alguém dizendo isso. Não me lembro da cartilha nem das primeiras letras. Lembro-me do caderno — uma folha do caderno se abre, as linhas montam folha acima, as que havia não bastavam, eu precisava subir, continuar pela margem, derramar a escrita sobre a mesa.

Meu caderno não era limpo. Não tinha a mão delicada nem o dom do capricho. O grafite do lápis era grosso e escuro, não lembro com que frequência usava a borracha. Devia esfregar o dedo para tentar apagar o errado ou o dedo passava por cima das letras nos movimentos naturais sobre a folha de papel.

Algumas das primeiras frases é fácil recuperar: Vovô viu o ovo, Ivo viu a ave, Vovó viu a Vivi. Minha primeira sentença de tempo, espaço e identidade? O cabeçalho, naturalmente.

Escola 4.1. XIII Anita Garibaldi

Distrito Federal, 9 de março de 1955

Professora: Da. Maria Cosendey

Aluno(a):...............................

1a série — 1° turno — sala 1

Não havia dois cabeçalhos iguais, os pontinhos esperando o nome de cada um, aluno(a) (levei tempo para compreender essa fórmula e autorizar-me a escrever aluna). Copiava com aplicação e não entendia nada do que conseguia reproduzir mecanicamente. O tal Distrito Federal — que geografia distante. O cabeçalho repetia-se, a cada dia de aula, às vezes em dois cadernos, o de aula e o de casa. Não me parecia servir para outra coisa que não fosse encher linhas, e eu cumpria a tarefa, sem reclamar.

Mas separar sílabas tinha um ar de brinquedo, com seus quadradinhos vazios, delicados e mal traçados cômodos para os grupos de letras que deviam ficar juntas, se a linha acabasse antes da palavra. Passar para a outra linha podia ser uma questão técnica complicada, rr, ss, sc, nh, ch, lh, uão, uém. Como o gênero: começava-se sempre pelo masculino, e se fazia muito exercício de feminino, como também se começava pelo singular para chegar ao plural. Quase nunca se passava do feminino para o masculino, mas passar para o feminino plural tinha um bocado.

E quando foi que aprendi a ler? Quando percebi o código, dominei suas combinações? Tento recuperar as lembranças. Vejo páginas, cadernos, capas de livro, lacunas. As lacunas são mais fortes. Mas o sarampo violento, meu corpo todo pintado, as placas arroxeadas mudando inteiramente a minha pele, fazendo-me outra para mim mesma, fazendo-me faltar à escola e trazendo a ameaça de perder o ano — disso me lembro bem. Lembro-me também da movimentação de meus pais, a solicitação à diretora e à professora, que veio um dia para me aplicar a prova em casa, na sala de jantar. Aprovada, guardava com sabor a situação muito nova da professora que vinha até a aluna.

Nos anos seguintes, estaria a cada dia com *Meu Amiguinho*, *Meu Tesouro*, livros de leituras e exercícios, e com os livros de aventuras e contos encantados, que passei a ganhar pelos aniversários e Natais.

A letra entrou na minha vida assim, sem nenhuma dificuldade. Não existia diferença entre brincar, passear, estar com a família ou estar com a professora, na escola. Ir à escola era natural, tão natural quanto ir à missa, respeitar pai e mãe, celebrar o Natal. Fazia parte do quadro de vida da menina com laçarote no cabelo, posando com lápis na mão e escrevendo no caderno dos retratos anuais com o mapa do Brasil na parede ao fundo. Mas o que é que isso tinha de natural?

Não era natural, não era nada natural. Escrever é um processo muito sofisticado, muito difícil. Ter acesso a isso, em certas circunstâncias, é tão ou mais difícil que o próprio aprendizado. Agora eu sei.

"NÃO É TANTA TINTA QUANTO VOCÊ PENSA",

DUDA. NÃO PARA ESCREVER ESTA HISTÓRIA, de uma menina que não chega a se alfabetizar, num Brasil que crescia, que se movimentava anunciando uma república pra valer. E estávamos no Rio de Janeiro, Distrito Federal, capital dessa República! A República também não se faz num dia, sabemos, e isso não nos impede de desejar que os dias sejam mais ágeis.

— Não são os dias que são ágeis, são as pessoas — corrige logo Pedro Ivo, respondendo a meu comentário sobre o momento difícil da escrita em que estou, quando já pude ver a história de Aurora e busco o que possa escrever de uma história a ser ainda criada.

— Mas é claro, Pedro Ivo: dizer que os dias são ágeis, em vez das pessoas, é uma figura de linguagem, uma — deixa pra lá.

— Bom, você pode falar como foi que você continuou a escrever, por que é que você vai escolher fazer isso na vida, quer dizer, ser escritora, criar histórias para ganhar dinheiro.

— Escrevo para me expressar.

— E para ganhar dinheiro também, deixa de ser hipócrita.

— Hipócrita, Pedro Ivo?

— Peguei pesado, desculpa. Mas se você escrevesse só para se expressar, não precisava vender o livro. Se vende, você ganha dinheiro.

— É verdade. Nenhum escritor, nenhuma escritora escreve para deixar o texto na gaveta.

— Bom, você então continua, lembrando dos instrumentos com que escreveu, não esquece de falar da tendinite, lembra de seu amigo aqui, que quis te ajudar e não foi compreendido, epa, falando em lembrar, não é que eu esqueci que prometi fazer uma sopa de queijo pra Adélia? Ela está com desejo, sabe?

— Ô, Pedro Ivo, essa história de desejo de mulher grávida é puro charme, chantagem deslavada.

— Sei não. O médico fala que os hormônios podem desencadear essas vontades. Mas como não quero que meu filho, ei, já te falei que é um menino? Pois é, a ultrassonografia deu. Um menino. Fica chato chamar ele de Pedro Ivo Júnior?

— Falta de originalidade: a criança tem direito a um nome só dela, sem ficar repetindo nome de pai ou de mãe.

— Você põe o nome que quer nas suas personagens.

— Vida e representação são coisas separadas. Ainda assim, por acaso, alguma de minhas personagens tem o mesmo nome que eu?

— Não. Só estou brincando, mexendo com você. Sabia que não ia gostar, nem eu gosto de Pedro Ivo Júnior. Mas vou fazer a minha sopa, quer dizer, a sopa da Adélia. Ih! Você não vai acreditar. Esqueci o queijo. Como é que vou fazer uma sopa de queijo sem queijo? — falou isso com a mão se sacudindo no alto, tchau, tchau, e entrava esbaforido em casa pela porta da cozinha e saía na garagem com a chave do carro na mão, e já saía com o carro, foi comprar o queijo para fazer a sopa de queijo, e é um menino que eles estão esperando. Pois é.

Meus pais também tiveram filhos meninos, que foram para a escola, como eu, sem que minha mãe precisasse criar galinhas. Os tempos eram outros, embora dificuldades semelhantes às de Osvaldo e Estefânia tenham levado, uns anos mais tarde, minha mãe a trabalhar fora. Mas nunca nos faltaram lápis, cadernos, livros.

A pedra, lousa ou ardósia não era mais usada há um bom tempo, quando comecei a ser alfabetizada. No entanto, sem saber que escrevia como pessoas de outro tempo, usei pedaço de cal para escrever em tijolos de cimento, rabisquei palavras de carvão, mas isso era em casa, na hora da brincadeira. Na escola, era o lugar do lápis preto. Na terceira ou na quarta série, podíamos usar um lápis bicolor, azul e vermelho, para corrigir alguns de nossos próprios trabalhos.

A primeira caneta-tinteiro chegou aos dez anos — onze? —, não tenho certeza. Veio dentro de uma caixa de papelão, posta na pasta fina de couro, presente de aniversário de um amigo querido. Pelo ginásio, chegaram as esferográficas, muito modernas, todas. Aos quinze anos, a Parker 51, uma caneta-tinteiro famosa — presente de meu pai —, causou inveja a um de meus irmãos, foi usada durante algum tempo, deixada de lado numa certa hora. Redescoberta não faz muito, voltou ao uso com prazer. Para assinar a certidão de casamento, uma outra Parker, dourada, presente do noivo virando marido.

A vida foi seguindo entre esferográficas de várias marcas, muitas Bic, inclusive, e as Parker. Num momento de intensa escrita, a literatura apontando na curva do caminho, volto a usar o lápis, fácil de apagar — escrevo muito, escrevo para deixar escrito. Depois chegou a vez da lapiseira, tão prática, dispensando o uso constante do apontador, o grafite escuro, 0.5, macio, 2 ou 3 B. O computador é uma ferramenta incorporada com tranquilidade, ficando para o fim o uso do lápis e da borracha, nas revisões à mão, indispensáveis e muitas. E quando está muito difícil, como agora, em que busco a forma de continuar, o texto fica suspenso na tela, pego uma folha de papel qualquer, a que estiver à mão, e começo a tomar notas, a encadear o pensamento — a escrever da forma que aprendi.

Das teclas ao lápis, do carvão à caneta, da caneta ao giz! — quase esqueço o giz, que usei à beça, como professora, ainda uso, vez por outra. Com o giz, devo recuperar o espírito da infância, a mão traçando deveres para os alunos imaginários, tão obedientes eram!

Todos esses instrumentos de escrita e um estado, indispensável — a solidão. Não se escreve sem solidão. Penso na falta de solidão de Aurora, excluído o pouco tempo em que tratava do galinheiro ou em que caminhava até a casa das vizinhas, três, cinco, oito minutos. Considerada a volta, mais três, mais cinco e oito minutos.

Como fazer entender às pessoas que ela queria o solitário? Ela queria essa tarefa em que a pessoa se recolhe num canto da mesa e olha os sinais no papel, tem uma conversa misteriosa com eles, que ninguém mais pode escutar. Como fazer entender isso? Como ter o direito de dizer isso, no meio da sua família?

Nem na escola eu gostava de escrever com a professora olhando por cima de meu ombro. Vinha uma intimidação, o que fazia aquele olho em cima do texto que eu produzia? Ninguém fica à vontade — acredito —, quando alguém se debruça sobre o que se está escrevendo.

Fiz muita caligrafia na escola, os garranchos precisavam ser domados. Pauta dupla, o modelo a ser seguido, a letra desenhada, a frase inteira nos exercícios mais adiantados. Não imaginava, naquela época, que a caligrafia pudesse ser um prazer, expressão da vontade de recuperar uma escrita em que a força da imagem é determinante, numa volta inconsciente aos pictogramas e ideogramas que antecederam a etapa do fonetismo na escrita; não imaginava o prazer, adivinhava a solidão, recomendada pelos calígrafos, na execução de sua tarefa.

E, contudo, estou aqui escrevendo sem muita solidão. Ora é o Duda, entrando e saindo do escritório, o marido ou uma das filhas que vem dar um recado; ora sou eu, cansada, querendo ir espairecer lá fora, ouvindo a tagarelice de Pedro Ivo. Uma tagarelice que me traz outras vozes e identidades, Aurora, Moleque, Péricles, Augusto, Estefânia, Osvaldo, Henriqueta, Francisquinho. Volto ao escritório, repleta dessas vozes, Aurora acabou de ganhar um pouco de tinta de Francisquinho, na expectativa das penas de ganso. Ganhou a tinta, mas ainda não tem papel.

— De que adianta um vidro de tinta para escrever sem a pena, sem um pouquinho de papel? — Aurora pergunta pro Moleque. Ele não sabe responder, é claro, toma a pergunta de Aurora por uma queixa do Estêvão e parte, vingador, pra cima do galinheiro.

Uma barulheira infernal, o mundo desabando, o que foi isso? Estefânia corre no quintal, a história de sempre: — Rapariga!, este cachorro atrás do galo, quando é que isso vai acabar? — pergunta, enfurecida, passando mão da vassoura para separar galo e cachorro. Moleque acredita-se absolutamente injustiçado, foi defender a amiga que dá de comer e providencia o lugar quentinho pra ele dormir nas noites frias. Como Estefânia não presta atenção na justiça e não costuma acatar argumentação, ele dá o latido mais afirmativo que pode pra Estêvão, avisando bem que deixa o campo de luta por motivo de força maior e se manda para um esconderijo seguro, mas não sem sinalizar para Aurora que — da parte dele — fez o que pôde.

— E você, Duda, quem é que você está defendendo? — tenho que perguntar para este meu cachorro que acabou de derrubar vaso, vidros de tinta, livros, cinzeiro e bibelô, na perseguição ao guarda-chuva. Deve ter tomado meus suspiros por qualquer sinal dramático e, fantasiado de Moleque Vingador, fez da minha sala um outro campo de batalha. Tapete manchado, cacos, guarda-chuva desbeiçado. O Duda? Sumido no mundo.

Exasperação de minha parte, repreensão de meu marido: — A liberdade que você dá a esse cachorro! Essa falta de limite, você vai tomar jeito no dia em que ele estragar algo muito precioso. Queria ver se ele derrubasse esse teu porta-chapéus antigo, bem que eu queria.

Tem razão, é demais, e daí? Reconheço a minha incompetência para dar uma educação razoável a esse cachorro, não sustento nenhuma das restrições que imponho a ele como castigo de um malfeito, porque minha memória e minha atenção acabam se voltando para a escrita, esquecendo essas miudezas cotidianas. Não demora muito, Duda aparece lampeiro, rabo abanando, você viu como eu te defendi quando aquele guarda-chuva besta te ofendeu? — parece perguntar.

— Quanta tinta, Duda, de quanta tinta eu ia precisar se fosse descrever tuas batalhas! — repreensão mais besta, reconheço.

Mas prefiro continuar a descrever outras batalhas, como a dessa família simples (em que tenho parte da minha origem), com propósitos sociais bem determinados, em que acontece a história de Aurora — uma história muito comum, naquele tempo. Não era nenhuma vergonha ter pessoas analfabetas na família, menos ainda se fossem mulheres. Havia muitos casos em que, se as condições só permitissem educar um filho, seria sempre o menino a ser educado, ainda que fosse mais novo em relação à menina. Aconteceu também de muita gente deixar de estudar em função de algumas doenças, tidas como cerebrais ou nervosas. Quem tinha epilepsia ou disritmia cerebral, teve meningite ou encefalite ficava fora da escola. Acreditava-se num limite, numa fragilidade que a enfermidade deixava na pessoa, e que era preciso respeitar. Da mesma forma, estabelecia-se uma relação entre estudo em demasia e a ideia de desequilíbrio nervoso ou mental.

Tempos de progresso, de reformulação política, de ganhos para as mulheres, e alguns procedimentos se mostravam resistentes. Outros não resistiam a uma análise mais atenta, e quem se dispunha a analisá-los?

Assim, Aurora ficou sem escola, e não foi por maldade de Osvaldo. Ele morreu quando eu era ainda muito pequena, e não guardo nenhuma lembrança dele. Com Estefânia, no entanto, convivi um bocado e se, pequena, jovem, jovem adulta, não consegui perceber esse mecanismo de negação feminina, percebia costumes, valores. Minha avó aproveitava todas as sobras de comida; reinventava roupas, fazia blocos de papel de pão para eu escrever e me dava de presente quando ia à casa dela — nada se desperdiçava naquela casa.

Nada se desperdiçava naquela casa, e a vida de Aurora foi desperdiçada. Era uma questão de um tempo, de um tempo em que "as coisas são porque são". As pessoas aceitavam normas de vida como uma sentença, definitiva e irrevogável.

É preciso esforço, para pensar que pode ser de outro jeito, é preciso coragem, para fazer o tempo em que a gente acontece acontecer de um jeito diferente do que sempre aconteceu. É preciso coragem e curiosidade, muita curiosidade, para perguntar se não pode ser diferente. E algum arrojo para construir a diferença.

Terminado o episódio da aprendizagem clandestina, a família não tocou no assunto nem uma vez. Num almoço na casa de Cibrão, Teresa, mãe de Isolina, disse que tinha ouvido uma história, disseram que Estefânia procurava uma molecota para as entregas de frangos e ovos, por que Aurora não fazia mais as entregas para ajudar a mãe?

— Porque isso não é da sua conta — falou Cibrão, e ele só falava com pontos finais.

— Bom, eu pensei que — que tivesse havido alguma coisa e — e queria ajudar.

— Estefânia agradece a sua ajuda, mas não precisa dela, não é, minha filha?

Claro que a conversa saía da sala de visitas, da mesa de almoço, e ia para os cantos, para trás das portas. A tesoura esgarçava no murmúrio o que a dignidade costurava no silêncio.

Tem razão: como rola tinta!

Este cachorro tem toda razão: como rola tinta para contar esta história! Sem contar a que se derrama. A escrita não acontece sem tintas: o azul, o preto e o vermelho dos manuscritos — fora todos os tons empregados nas iluminuras; as cores, a princípio regradas — o mesmo vermelho, preto, azul, para uso nas canetas-tinteiro —, variadas e luxuriosas, depois, quando essas canetas se multiplicam no comércio; a palheta inimaginável das canetas hidrográficas, seduzindo os clientes; a possibilidade de todas as cores na tipografia, conforme se desenvolve a tecnologia; o computador, limitado ao preto e vermelho inicial das fitas para máquina de escrever, virando pequena indústria em poucas décadas, as impressoras podendo reproduzir com fidelidade, e a baixo custo, qualquer imagem.

Quando se chegar à perfeição de uma máquina que capture pensamentos — naturalmente através de fotografia —, uma revelação digital vai, com toda a certeza, estar apta para oferecer ao cliente as cores que vêm dos estranhos caminhos da mente.

Exceto um mínimo de cor, em uns sinais com pretensão de hieróglifo, só usei o preto para escrever a história de Aurora. Escrevi a história de Aurora, e não sei se estou pagando alguma dívida com isso. A última visita que fiz a ela me deixou impressões profundas. Com um vigor inusitado para os seus quase oitenta anos, ela me faz, de repente, uma pergunta completamente inesperada:

— Você é escritora, não é?

Não esperava por isso, não esperava mesmo. Foi ali que comecei a inventar e escrever a história dela, esta história — hoje eu sei. Comecei a escrever, sem saber que escrevia. Quando a morte dela abriu um espaço no meu peito, e a pena de ganso finalmente falou claro para mim o que ela tinha a dizer, continuei a escrita. Não foi nada fácil, tive vontade de desistir, deixar para depois, mas insisti. Estou bem mais leve agora.

O texto ainda não foi publicado e já tem um leitor apaixonado. Aconteceu muito naturalmente, esse meu vizinho xereta me perguntando: sobre o que você está escrevendo, é uma história toda inventada, ou meio verdadeira?

Muito curioso, o Pedro Ivo. Sempre me perguntando: o que está escrevendo agora? Quais os planos para a próxima história? Como se história acontecesse assim, um curso que se vai fazer na escola. Vivo explicando a ele: escrevo quando alguma coisa forte pulsa e quer sair. Então me sento e com muita paciência vou arrumando o caminho para trazer à luz essa coisa.

Em conversas no jardim, no mercado, fui contando a ele a história de Aurora, ele contando pra mim a história da gravidez do casal — muito modernos, os dois — e veio, outro dia, com a suprema novidade.

— Imagina, não é o Pedro Ivo Júnior que vem aí. Houve um engano danado: o neném é uma menina, veja só! Veja só! Dizem uma coisa pra gente, e depois —

— Um engano, Pedro Ivo. Qual é o problema?

— Não tem problema nenhum. É que tinha me acostumado com a ideia. Diziam pra gente que era menino, mostravam o peruzinho e tudo.

— E?

— Não era peruzinho, era o pezinho que estava de mau jeito. Então você já sabe: é uma menina que vai chegar nesta casa.

— Vai se chamar Adélia Júnior? — provoco.

— Estamos pensando — responde-me à altura. — Ainda não chegamos a nenhuma conclusão. É bem mais fácil botar nome em menino, sabia?

Está perturbado, a gente vê logo. Como no dia em que contei a ele a história de Pele de Asno, que ficou inacabada para Aurora. Relembra a história, lamenta que ela não tenha conhecido o final.

— A parte de que mais gosto — disse — é essa da caixa, que vai seguindo a princesa por baixo da terra. A vida tem muito disso, eu acho. Tem sempre uma caixa de surpresas seguindo a gente pelo caminho. Tenho um bocado de medo disso, sabe? Assim, essa história do rei que se apaixona pela filha. Imagina se eu me apaixono pela minha filha, imagina se —

— Ela vai encontrar um bom disfarce para fugir de você — assegurei. — Vou ser a fada-madrinha, pode deixar.

— Não vale dar a ela uma pena de ganso — diz.

— Não, vou colocá-la dentro de um jogo de computador — e damos uma boa risada.

Estou bem perto de acabar esta história. Vou trabalhando até tarde da noite, acordo cedinho, para pegar logo a escrita no computador, a revisão. Às vezes, chego a passar a noite toda escrevendo. Porque não vivo só de escrever. Faço algumas outras coisas, todas elas ligadas à leitura, à escrita e ao ensino. Tem uns períodos muito brabos de trabalho, sem tempo para descansar direito, nem para passear, ou ir ao cinema.

Foi num período assim que meu primo me ligou avisando que tia Aurora tinha passado mal, estava internada. Era uma época de muito trabalho, de muita tensão — uma crise muito dura na universidade —, ele ficou de me dizer o hospital em que ela estava, eu fiquei aguardando o telefonema, que só veio para dizer que ela havia falecido.

Coloquei em volta do rosto de Aurora, com uma ternura que não consegui ter por ela quando viva, uma coroa de margaridas. E chorei, muito. Foi um dos enterros mais emocionantes da minha vida.

Uns dias mais tarde, em visita a meu primo, ele me falou de uma caixa de sabonete em que havia umas coisas da mãe, umas bobagens — será que eu queria? — Quero — respondi.

A mulher dele trouxe-me a caixa de papelão, disse que tinha encontrado entre as toalhinhas íntimas da sogra. Não entendia porque a sogra conservava as toalhinhas, se não precisava mais delas. Mas, enfim, estava lá a caixa, — coisas sem serventia, mas você que é escritora gosta disso — falou.

Levantei a tampa com um cuidado muito especial. Dentro estavam umas letras bordadas em ponto de cruz, uma pena de ganso, uma tira de papelão escuro, escrito em letra de fôrma e maiúsculas: EU SOU AURORA. Duas cartas manuscritas, o papel amarelo e quebradiço, e um retrato de Aurora, aí pelos dez anos, com uma pena de ganso na mão.

Atravessando a noite, terminando de escrever a história dela, lembro-me de tudo isso, eu que não pude ver Aurora doente, que não consegui abraçá-la antes de morrer. O telefone toca. É do hospital. Pedro Ivo.

Anteontem, ele também me telefonou, tarde da noite:

— Vi a luz da janela do teu escritório acesa, pensei logo — ela ainda está trabalhando, não resisti: tenho que te contar logo. Adélia e eu já escolhemos o nome de nossa menina. Ela vai se chamar Aurora.

Baixinho, difícil a voz sair da garganta, disse pra ele:

— Obrigada.

Pois é, ele acaba de me telefonar, agitado, nervoso, alegre, confuso:

— Queria contar primeiro pra você. Estou no hospital. Adélia começou a sentir as contrações tem umas duas horas, viemos pra cá e — sabe? — é a maior alegria da minha vida, imagina só: Aurora está nascendo! Aurora está nascendo!

Um arrepio no corpo todo, lágrimas.

— Ô, Pedro Ivo, meus parabéns a você e a Adélia. Que Aurora seja bem-vinda! Este não é o melhor dos mundos, mas é o que temos pra oferecer a ela.

— Obrigado, obrigado. Agora vou voltar pra perto da minha mulher. Acho que está na hora de me arrumar pra assistir ao parto.

Como está emocionado, este rapaz! Ter uma filha, um filho, esta aventura única!

Volto para os originais, postos em cima da mesa para a última revisão. Meus olhos param no EU SOU AURORA, escorregam em seguida para o espaço em branco no final da página. Penso no que Pedro Ivo acabou de me dizer e vou buscar a pena de ganso da loja de Monsieur Chaufaux, o tinteiro que comprei num antiquário em Petrópolis. Sento-me de novo, mergulho a pena na tinta e, lembrando dos meus garranchos aos sete anos, da minha letra apertada de hoje, das lições de caligrafia que me deu certa vez uma amiga, escrevo, no espaço em branco que já escorrega para uma página nova:

Aurora está nascendo.

Ler um soneto de Quevedo
pensando pensar que ele escreveu
com uma pena de ganso.

                    Guillermo Cabrera Infante

A AUTORA

Nilma Lacerda

Coisa de que gosto é coragem de emigrante, dessa gente que, no desejo de viver uma vida melhor, com direito às suas fantasias, deixa para trás o lugar em que nasceu e se lança a um mundo desconhecido. Emigrante gosta muito de Carnaval – eu acho. Já não posso conversar com meus avós maternos, nem com minha avó paterna, nem mesmo com o avô de meu marido, que aos nove anos entrou sozinho num navio para vir encontrar a América. Todos eles encontraram a América, encontraram o Brasil e deixaram aqui este presente que somos nós, seus descendentes. Corri o risco de ter sido portuguesa e então teria vivido com livros para crianças e jovens bem diferentes daqueles que conheci. Encontraria, mais tarde, Camões, Camilo Castello Branco, Eça de Queiroz, Almeida Garrett, nos bancos de escola. Entrando na idade adulta, o meu livro seria *Mensagem*, de Fernando Pessoa, o mar como a colcha dos meus sonhos.

Em vez disso, me cubro com outras literaturas. Comecei com os contos de fada, li *Grande Hotel* – uma revista de fotonovela em quadrinhos, às vezes proibida, às vezes permitida –; Monteiro Lobato chegou um pouco mais tarde e nem foi a obra completa; aos dezesseis anos, conheci Kafka e os autores russos, depois de ter o sabor de Machado de Assis e José de Alencar. Lygia Bojunga, Ana Maria Machado, Clarice Lispector, Willian Faulkner, Graciliano Ramos, Bartolomeu Campos de Queirós, Lois Lowry, todos esses e muitos mais vieram a seu tempo e continuam chegando até hoje.

Outras obras da autora: Manual de tapeçaria (1985) / Dois passos pássaros e o voo arcanjo (1987) / Viver é feito à mão, viver é risco em vermelho (1989) / Coleção Fantasias (2000): Fantasias, Fingimentos, Finalmente! / **Tradução:** O Homem das miniaturas (2000) / Eu não sou macaco (2005) / As fatias do mundo (1997) / Cartas do São Francisco: conversas com Rilke à beira do rio (2000) / Um dente de leite, um saco de ossinhos (2004) / Estrela de rabo e outras histórias doidas / **Coautoria:** A Língua Portuguesa no coração de uma nova escola, com Regina Lúcia Faria de Miranda e Pensilvania Diniz Guerra Santos.

O ILUSTRADOR

Rui de Oliveira

Nasci no Rio de Janeiro. Estudei pintura no MAM/RJ, artes gráficas na Escola de Belas Artes da Universidade Federal do Rio de Janeiro (UFRJ), ilustração no Instituto Superior Húngaro de Artes Industriais, em Budapeste, e cinema de animação no estúdio húngaro Pannónia Studió.

Leciono há 21 anos na Escola de Belas Artes da Universidade Federal do Rio de Janeiro. Sou mestre e doutor em Estética do Audiovisual pela Escola de Comunicações e Artes da USP.

Ilustrei mais de 100 livros e criei mais de 400 capas para várias editoras. Recebi 18 prêmios como ilustrador, no Brasil e no exterior, incluindo o Prêmio Jabuti de Ilustração – Menção Honrosa – em 2003. Meu trabalho de ilustração e adaptação da peça *A Tempestade*, de Shakespeare, recebeu o prêmio Lista de Honra do IBBY – Suíça / 2002.

O que me encantou no texto da Nilma, além de suas qualidades literárias, foi a possibilidade de fazer uma ilustração sobre a classe trabalhadora, principalmente o cotidiano da vida dos migrantes nos subúrbios do Rio de Janeiro nas décadas de 1920, 1930 e 1940.

Sou carioca, originário de uma família de migrantes paraenses – pai, mãe, tios e tias –, todos nostálgicos paraenses que vieram para o Rio no famoso Ita...

Vivi toda a minha infância num bairro próximo de onde a história se desenrola. Daí vem a minha grande identificação com o texto de *Pena de ganso*.

Procurei trabalhar com dois estilos diferentes. No primeiro, utilizei grafite, *crayon* e lápis litográfico para representar a vida áspera de uma família trabalhadora. Na segunda parte, fiz as ilustrações em aguada e bico de pena.

O livro *Pena de Ganso* foi composto utilizando-se as fontes Bodoni, Minion e Garamond, no formato 17 x 24 cm. O miolo foi impresso em papel pólen soft 80 g/m², com capa em papel cartão de 280 g/m² para a Editora DCL.